Dr. Adler

Emancipation und Religion der Juden

Anatiposi

Dr. Adler

Emancipation und Religion der Juden

Unveränderter Nachdruck der Originalausgabe von 1850.

1. Auflage 2023 | ISBN: 978-3-38240-144-3

Anatiposi Verlag ist ein Imprint der Outlook Verlagsgesellschaft mbH.

Verlag: Outlook Verlag GmbH, Zeilweg 44, 60439 Frankfurt, Deutschland
Vertretungsberechtigt: E. Roepke, Zeilweg 44, 60439 Frankfurt, Deutschland
Druck: Books on Demand GmbH, In de Tarpen 42, 22848 Norderstedt, Deutschland

Emancipation

und

Religion der Juden

oder

Das Judenthum und seine Gegner.

Ein Sendschreiben

an

Herrn Professor Dr. Allioli,

Landtags-Abgeordneten und Dompropst in Augsburg.

Von

Dr. Adler,

Rabbiner in Kissingen.

Fürth,

Druck und Verlag von J. Sommer.

1850.

M o t t o :

„Haben wir nicht alle Einen Vater, hat uns nicht Alle Ein
Gott erschaffen?" (Maleachi 2, 10).

„Auf drei Dingen besteht die Welt: Wahrheit, Gerechtigkeit und Friede."

(Thalmud Mischna Aboth 1.)

„Wenn ich mit Menschen- und mit Engelzungen redete und
hätte der Liebe nicht, so wäre ich ein tönendes Erz oder eine
klingende Schelle." (1 Korinther 13, 1).

Nur auf der Liebe leichten, freien Schwingen
Steigst du empor ins Himmelreich des Glücks.
So lang mußt du, in Qualen mit ihm ringen,
Als dich der Haß herabzieht hinterrücks.
Du wirst mit eignen Fesseln dich umspinnen,
So lang du frei und schrankenlos nicht liebst;
Du wirst dich nie unendlich selbst gewinnen,
So du nicht erst unendlich hin dich giebst.

(Sollet 1, S. 86).

Vorwort.

Einer Rechtfertigung bedarf die Herausgabe dieses Schriftchens nicht, die Rechtfertigung liegt in ihm selbst, wohl aber wird seine Form eine Entschuldigung bedürfen, denn der geehrte Leser wird gar manche Spur der Eilfertigkeit entdecken. Ich stelle diese nicht in Abrede, hier ist Gefahr auf Verzug, *periculum in mora*. Man sehe das nicht als Eitelkeit an, als eitle Einbildung, eine große Wirkung zu erwarten. Ja ich erwarte sie, aber nicht als mein Werk, sondern als das der Wahrheit. Das Netz der Unwahrheit, das man ausgeworfen, ist mit aller Schlauheit gewebt, und nicht gefahrlos ist das Unternehmen, es zerreißen zu wollen. Aber es muß zerrissen werden. Die Welt muß erfahren, was die täuschende Hülle birgt, die wie ein Gewand der Demuth, Sanftmuth und Liebe aussehnd, nichts weniger als alles dieses ist. Wir haben lange geschwiegen, wir haben schonend es mit angesehen, wie die Unwissenheit sich spreizte, wir haben schweigend es geschehen lassen, daß man unsere Wissenschaft verhöhnte und noch Schlimmeres: entstellte. Wir wollten den Frieden nicht stören. Wir haben unrecht gethan. Wir mußten längst schon gegen jeden Angriff nicht blos, sondern gegen jede Verunstaltung muthig in die Schranken treten. Es wird mich mancher tadeln, daß nicht rücksichtsvoller und ehrerbietiger die Sprache sei, er mag vielleicht recht haben, aber jeder Mensch hat nun seine Weise sich auszusprechen. Bei mir ist das Herz auf der Zunge und mein Mund spricht, wie ich es denke. Heuchelei und Verstellung sind mir ein Abscheu. Unredlichkeit und Lieblosigkeit empören mich, und warum soll es dem Herzen verwehrt sein, seine Stimmung laut werden zu lassen. Das ist eben der Fluch unserer Zeit, daß der Schönheit und Angemessenheit der äußern Form eine größere Wichtigkeit beigelegt wird, als der Wahrheit und Aechtheit des Gehaltes. Muß denn jeder als ein Kind des Chronos von dieser Entartung sich verschlingen lassen? Ich gebe die Form preis und will gerne jeden Tadel über mich ergehen lassen, wenn er diese betrifft. Dem Inhalte wird aber Niemand vorwerfen können, daß die objektive Wahrheit oder die subjektive Redlichkeit vermißt werde. Letzterer bin ich mir stets bewußt gewesen, und erstere war aus keinem so tiefen Schachte heraufzuholen, daß man für die Reinheit nicht wohl stehen könnte. Darum ist mein Verdienst auch nur ein sehr winziges. Aber ich bin mir bewußt, daß die reinste, lauterste Absicht mich leitet, in der allein ich auch den Muth finde, den ungleichen Kampf zu wagen. Dort die Zahl, die Macht und Handlanger, die lange Hände haben und weit reichen, während ich keine andere Waffe habe, als meine — Feder. Ich zittre darum nicht, den Handschuh aufzuheben, eingedenk der Worte: „Im Reiche der Geister entscheidet weder die Zahl, noch die Macht des Augenblickes, sondern einzig und allein die innere Kraft der Wahrheit, die in der weisen und heiligen Ordnung der Welt niemals untergehen kann"*). Sie leitet mich und ich fürchte nichts. Man wird es vielleicht auch tadeln, daß ich an manchen Stellen zu ausführlich war, aber man vergesse nicht, daß die augenblickliche Berichtigung nur meine Absicht mit war, ich wollte die über diesen Gegenstand so tief wurzelnden Vorurtheile in einem weiten Kreise zerstören und bin der Meinung, es könne dieses nur durch gründliche Belehrung geschehen. Ich wollte, soweit es hier geschehen konnte, für meinen Leserkreis den Schleier von diesem Gegenstande wegziehen, dem er kaum noch jemals gelüftet worden war. Mögen diese Blätter eben so vorurtheilsfrei gelesen werden, wie ich mit reiner Wahrheitsliebe sie niederschrieb! Wenn sie nur ein klein wenig dazu beitragen, die Herzen der christlichen und jüdischen Brüder einander zu öffnen, das uralte und leider wieder neu aufgefrischte Mißtrauen zu verscheuchen, Vertrauen zu erwecken, das allein fähig ist, Haß in Liebe zu verwandeln: ich werde mich glücklich fühlen und meinen Schöpfer preisen, als schwaches Werkzeug zu diesem heiligen Werke etwas beigetragen zu haben.

Möge es der Wille Gottes sein!

Kissingen, am 31. Januar 1850.

Dr. Adler.

---

*) Ammon's Fortbildung des Christenthums III. S. 176.

1

Als ich den offenen Brief schrieb, waren mir die stenographischen Berichte noch nicht zugekommen. Ich kannte
den Inhalt der Reden nur aus den Auszügen in den
Zeitungen, die übrigens hinreichend waren, mein Urtheil
zu bestimmen, das im offenen Briefe niedergelegt, von allen
Aufgeklärten, Gebildeten und Wahrheitsliebenden auch
als wahr und richtig anerkannt wurde. Nun habe ich
auch die stenographischen Berichte vor mir und ich muß
gestehen, ich bin trotz der Auszüge, überrascht. Daß Hr.
Ruland eine gänzliche Unwissenheit im Gebiete der jüdischen Theologie und des Thalmuds an den Tag legt wundert
mich nicht — ich kenne Ruland von früher. Daß Herr Sepp
unvernünftiges Zeug sprach und mit offenkundigen Unwahrheiten seine Rede anfüllte, war mir nicht überra-
schend: wann hat Herr Sepp denn, in Frankfurt oder in
München anders gesprochen? daß Herr Döllinger Worte
sprach, die honigsüß lauteten, aber wie Dolche und zwei-
schneidige Schwerter verwunden sollten, war mir nichts
Neues, denn wer Herrn Döllinger ge se he n hat, weiß wo-
ran er ist. Daß aber ein Mann, wie Herr Allioli, ein
Professor der Exegese, mit einigem Rufe als Orientalist und
Bibelübersetzer, so wenig von der jüdischen Theologie und
Religion wisse, daß ein Mann, der durch Wissenschaftlichkeit
sich auszeichnen will, so schwer gegen die Wahrheitsliebe und
ehrliche Gelehrsamkeit sich verfehlen konnte: das, ich gestehe
es, hat mich überrascht, und schmerzlich überrascht. Allein das
ist der Fluch des Hasses, daß er auch von dem Pfade der

Wahrheit ableitet*), daß der Fluch der Sünde, daß die Sünde immer neue Sünden gebiert. Jezt, Herr Professor! handelt es sich für mich weniger um die Frage: sollen die Juden emancipirt werden oder nicht? Diese Frage, ich gestehe es, ist für mich eine secundäre geworden, die Frage qrimo loco ist für mich: »ist das Judenthum würdig und sind die Juden werth emancipirt zu werden oder nicht?« Die Emanzipation selbst hat für das Individuum zwar einen außerordentlichen, aber doch nur einen zeitlichen Werth, die Würdigkeit aber ist von weit höherer Wichtigkeit und von noch höherer die Würdigkeit der Religion. Ich gehöre mit ganzer Seele meiner Religion an, nicht weil es meine Religion ist, sondern weil es eine Religion ist, in der ich die höchsten und wichtigsten Fragen des forschenden Geistes vernünftig wahr und sittlich rein beantwortet finde, weil sie meinem Herzen jene Beruhigung gewährt, die der Mensch in der Religion sucht, weil in der, wohl etwas rauhen und unansehnlichen, aber auch veränderlichen Schale, der Kern der hohen ewigen Wahrheit und heiligsten Sittengebote, deren Befolgung himmlischen Frieden und himmlische Glückseligkeit für alle Welt zur Folge haben würden, eingeschlossen ist. Ich würde, wenn Ihre Vorwürfe wahr und gegründet wären, in der vordersten Reihe deren stehen, die das Judenthum bekämpfen. Sie können mir es also nicht verargen, wenn ich mich bei der Ueberzeugung von deren Unwahrheit gedrungen und verpflichtet fühle, für dasselbe aufzutreten und jeden Angreifer desselben aufs entschiedenste zu bekämpfen. Doch werde ich mit Ruhe und mit dem heiligen Ernste ungetheilter Wahrheitsliebe den Gegenstand behandeln. Sie sprechen die Beschuldigung aus, und Ihre Gesinnungsgenossen sprechen es Ihnen nach, im mosaischen Gesetze, also in der jüdischen Religion sei nur der Jude der Nächste, den zu lieben geboten sei. Das sprechen Sie so kalt, so gleichgültig aus, als ob es um Erklärung einer Stelle in Horazens Oden sich handelte, bedenken aber nicht,

---

*) Sinah mekalkeleth haschurah, der Haß verdirbt die Gradheit. (Thalmud.)

daß diese Beschuldigung ein Dolch sei, gezückt nach Millionen Herzen. Was sage ich, Herzen? nach Millionen Seelen, ein Schwert, die Ehre von Millionen Lebender und Verstorbener zu morden. Ein solches Wort, und zumal im Munde eines Mannes, der für eine Autorität gehalten wird, ist mehr als Wort, ist eine That und eine folgenreiche schwer verantwortliche That. Ein solches Wort muß bewiesen werden können, und nur bewiesen darf es ausgesprochen werden. Thaten Sie das? Können Sie das? — Doch ich werde das Gegentheil beweisen.

Im Ev. Matth. K. 22. V. 35 ff (auch Markus 12, 28 jedoch etwas abweichend!) wird erzählt: Und Einer unter ihnen, ein Schriftgelehrter, versuchte ihn und sprach: Meister, welches ist das vornehmste Gebot im Gesetze? Jesus aber sprach zu ihm: »Du sollst lieben Gott deinen Herrn von ganzem Herzen, ganzer Seele und von ganzem Gemüthe« (5. B. Moses Kap. VI. V. 5). Dieß ist das vornehmste und größte Gebot. Das andere aber ist dem gleich: »du sollst deinen Nächsten lieben als dich selbst« 3. B. Moses Kap. 19, 18). In diesen zweien Geboten hanget das ganze Gesetz und die Propheten.« Kein Unbefangener wird in Abrede stellen, daß Jesus die beiden, in den Büchern Mos. enthaltenen, Gebote: »Gott und seinen Nächsten zu lieben,« für die vornehmsten Gebote im Gesetze erklärte, daß er also diese Gebote, die er wörtlich aus den mosaischen Schriften anführt, auch in dem Sinne als die höchsten erklärt, wie sie von Moses gegeben wurden. Denn daß unter dem Gesetze das mosaische verstanden sei, wird gewiß Niemand bezweifeln, weil ja die Frage, die diese Antwort veranlaßte, von einem jüdischen Schriftgelehrten gestellt worden war.[*]) Wenn nun Jesus ferner sagte: »ich bin nicht gekommen, das Gesetz aufzuheben, sondern zu erfüllen« (Matth. 5, 17), so wird jeder Vernünftige einsehen, daß er damit sagen wollte: »Ich bin nicht gekommen, ein neues Gesetz zu geben, denn das ihr habt ist gut, ist es

*) Man vergleiche besonders Marcus a. a. O. 32 ff.

ja von Gott offenbart, aber es wird nicht befolgt, nicht
beobachtet und deshalb bin ich gekommen: es zu erfüllen, d.
h. zu verwirklichen, zu beobachten, und seine Beobachtung
zu veranlaffen. Wer, der die Bibel mit gesundem Men-
schenverstande liest, wird nicht diese Erklärung als die
richtige ansehen? Doch nicht also Herr Allioli, der ehemalige Profeffor der Exegese. Das Wort »erfüllen« ver-
anlaßt ihn zu dem Schluffe: auch das Moralgesetz war
im Judenthume noch nicht erfüllt, d. h. der Satz: du sollst
Gott deinen Herrn lieben und deinen Nächsten lieben wie
dich selbst, wird im Judenthume (also in der jüdischen Religion) nicht erfüllt, denn auch im mosaischen Gesetze ist der Nächste nicht der Heide, sondern
der Jude. Erst Christus hat alle zu Nächsten gemacht,
hat auch diesen Moralsatz erfüllt.« (Stenograph. Berichte
S. 566). So lautet Ihre, ich möchte fast sagen, blutige
Anklage. Laffen Sie uns diese Ihre Behauptung ruhig
aber ernst ins Auge faffen. Können Sie in Abrede stellen, daß Sie dem Worte »erfüllen« eine neue und fast
darf man sagen auch unrichtige Bedeutung beilegen? Sowohl das deutsche »erfüllen« als das griechische πληρωσαι
bedeutet in Verbindung mit »Gesetz« und »νομος« seine
Schuldigkeit thun, ein Gesetz beobachten, ausüben, wer
einen Auftrag besorgt, erfüllt ihn, wer ein Gebot hält, erfüllt es. Wie kommen Sie nun dazu, weil Jesus sagte:
ich bin gekommen, das Gesetz zu erfüllen, πληρωσαι, zu
behaupten, es sei dieses Gesetz ein mangelhaftes und
Jesus habe, es vollkommener oder beffer zu machen, als
seine Bestimmung angesehen? Sie können daraus höch-
stens folgern, daß die Juden, oder ein Theil derselben in
der Ausübung, Beobachtung, Erfüllung nachläffig war
und es übertrat, wie denn auch ein Theil, gewiß kein klei-
ner unter den Christen, heute noch unerfüllt läßt, was
Jesus im Evangelium vorschrieb: aber daß im Judenthume das Moralgesetz noch nicht erfüllt war, auch
im mosaischen Gesetze der Nächste nur der Jude sei,
wie läßt sich das hieraus folgern? Gesetzt aber auch, das
Wort »erfüllen« hätte auch diese Bedeutung, mit welchem

Rechte können Sie ihm hier nur diese oder doch als die
wahrscheinliche geben? Angenommen sogar, das Wort
hätte nur diese Bedeutung, was doch sicherlich der Fall
nicht ist, wer sagt Ihnen, daß Jesus auch das Moral=
gesetz, auch diese Gebote der Liebe meinte, ist es nicht
wenigstens möglich, daß er von dem Gesetze überhaupt,
aber nicht von diesen einzelnen Vorschriften rede? Doch
das Wort hat diese Bedeutung nicht und Ihre ganze
Deduktion ist falsch.

Sie wollten die Glorie um das Haupt Jesu vergrös=
sern, erst er habe Alle zu Nächsten gemacht, und thun es
auf Kosten des Judenthums, des mosaischen Gesetzes. Ist
das recht und gewissenhaft? Sie wollen christlicher als
Christus sein und werden — wie das immer bei solchen
Bestrebungen der Fall ist — hiedurch gerade — **unchristlich**.

Es lautet wohl sonderbar, wenn ein jüdischer Theologe ei=
nen christlichen wegen Unchristlichkeit anklagt, aber es ist
wirklich nicht anders und ich beweise es. — Sie müssen
und werden mir als strenggläubiger katholischer Theologe
zugeben, daß die mosaischen Schriften zum heiligen Kanon
gehören, daß Moses als Prophet im Auftrage Gottes ge=
redet und sein Buch geschrieben habe. Sie werden und
müssen daher auch zugeben, daß, wenn Moses nur den
Juden als Nächsten zu lieben gelehrt hatte, die Juden im
vollen Rechte waren, auch nur sich als Nächste zu be=
trachten und zu lieben, denn **Gott** wollte es ja — nach
Ihrer Meinung, damit ich nicht mißverstanden werde —
nicht anders. Nun wurde Christus, in Gegenwart der
Juden von einem jüdischen Schriftgelehrten gefragt, wel=
ches das vornehmste Gebot sei? und wie antwortete er? er
führt zwei Gebote wörtlich aus dem mosaischen Ge=
setze an, ohne ein Wort der Ergänzung, Berichtigung
und Erklärung. Ich frage nun jeden Unbefangenen: ob
wir nicht entweder annehmen müssen, auch Jesus wollte
nur, daß der Jude den Juden als Nächsten liebe, dann
ist es falsch, daß er alle Menschen zu Nächsten gemacht
habe, oder er wußte, daß die Juden diese Gebote nicht
anders verstehen, als wie er selbst sie verstand, näm=

lich, jeder Mensch sei der Nächste? Wäre Jesus
Ihrer Meinung gewesen, das mosaische Gebot: Du sollst
deinen Nächsten lieben wie dich selbst, betrachte nur die Juden
als Nächsten, während er selbst jeden Menschen als Nächsten
geliebt haben wollte: mußte er alsdann nicht hinzufügen: aber
nicht in dem Sinne, wie Euch gelehrt wurde, daß nur der
Jude der Nächste sei, sondern ich sage, jeder Mensch ist
Euer Nächster; hätte nicht zum Allerwenigsten unter den
darauf folgenden vielen, «ich sage Euch« auch diese Ver-
vollkommnung vorkommen müssen? Da nun aber Jesus
dieses unterläßt, so folgt hieraus klar und deutlich nicht nur,
daß er das mosaische Gebot so verstand, jeder Mensch sei
der Nächste, sondern daß es auch von allen Juden
so verstanden wurde.*) Wenn Sie nun dagegen behaupten, nicht nur die Juden hatten unter dem Nächsten
nur den Juden verstanden, sondern die mosaischen Schriften hatten auch diesen nur gemeint: stehen Sie nicht im
doppelten Widerspruche mit Jesus und dem Evangelium?
und kann ich nicht mit vollem Rechte von Ihnen sagen: Sie
wollen christlicher als Christus seyn, und werden hiedurch
unchristlich? Und das alles weil Jesus sagte: »erfüllen!« risum teneatis amici! Aber wie wollen Sie denn mit
Ihrer Auslegung des Wörtchens »erfüllen« das erste Gebot: »du sollst Gott lieben von ganzem Herzen u. s. w.,
erklären? Inwiefern hat Jesus denn dieses erfüllt d. h.
nach Ihrer Deutung vervollkommt? Nach der Deutung
im Judenthume, soll jeder Gott lieben mehr, als sein
Leben; mehr als seine Gefühle, Wünsche u. s. w.
mehr endlich als jedes Besitzthum, jedes Erdengut.**)
Ich bin begierig von Ihnen zu erfahren, worin die »er-
füllte« oder vervollkommnere Liebe bestehe. — Aber dieses allein ist es nicht, weßhalb ich Ihre Erklärung eine
unchristliche genannt habe. Hören Sie mich weiter. Als
strenggläubiger Katholik halten Sie, wie schon bemerkt,
die mosaischen Bücher für göttlich und ihren Inhalt für

*) Siehe Ev. Marc. a. a. O., wo der Schriftgelehrte dem Ausspruch
Jesu seine Zustimmung ertheilte.
**) Berachoth Absch. IX, 1.

Offenbarung Gottes. Wenn Sie nun behaupten, »im mo=
saischen Gesetze sei der Nächste nur der Jude, so klagen
Sie ja Gott an, er habe durch Moses eine falsche, unmo=
ralische Lehre geoffenbart? Was nützt es zu sagen, Jesus
hat es vervollkommt, Gott ist und bleibt immer unvollkom=
men, wenn er eine falsche, verwerfliche Lehre als Sittengesetz
offenbarte. Wäre aber Gott unvollkommen, was nützt es
Jesus das Prädikat der Vollkommenheit beizulegen, er
selbst sagt ja: »ich gehe zum Vater, denn der Vater ist
größer, denn ich.« (Ev. Johannes 14, 28.) Aber sogar
dann ist Ihre Behauptung eine unchristliche, wenn Sie die
jüdischen Lehrer das Gebot falsch auffassen lassen, denn Je=
sus sagte: »Auf Moses Stuhl sitzen die Schriftgelehrten
und Pharisäer. Alles nun, was sie euch sagen, daß ihr halten
sollt, das haltet und thut es.« (Math. 23, 2, 3.) Durfte
er so sprechen, wenn er wußte, daß das höchste Sittenge=
bot von ihnen falsch ausgelegt wurde, zumal er selbst von
sich sagt: »ich bin nicht gesandt, denn nur zu den verlor=
nen Schafen von dem Hause Israels?« (Math. 15, 24)
 Und nun vorerst noch eine andere Frage. Sie sagen:
auch das Moralgesetz war im Judenthume noch nicht er=
füllt, denn auch im mosaischen Gesetze ist der Nächste nicht
der Heide, sondern der Jude.« Nun aber wird von Ih=
nen der Jude nicht als Ihr Nächster betrachtet. Ist aber
der Jude nicht Ihr Nächster, dann ist es offenbar der
Heide noch weit weniger, ja, ich könnte wohl beifügen,
dann sind es alle nichtkatholischen Christen auch nicht,
denn daß nach den Lehren Ihrer Kirche der noch kein Christ
sei, der an Christus glaubt, sondern der nur, welcher der
katholischen Kirche angehört, ist ja bekannt; und der be=
kannte Satz der Alleinseligmachung lautet nicht: extra
ecclesiam nulla salus, sondern: extra ecclesiam catholicam
Wenn aber nun Juden, Heiden und selbst alle nichtkatho=
lischen Christen unter dem Nächsten nicht begriffen sind,
wer bleibt alsdann übrig? die Katholiken. Ich frage nun,
worin hat Jesus das Gebot der Nächstenliebe vervollkommt,
oder (in Ihrer Sprache zu reden) erfüllt? Hat er es nicht

vielmehr, selbst wenn Ihre Behauptung wahr wäre, noch
mangelhafter gemacht? denn wenn es auch wahr wäre,
daß unter dem Nächsten nur der Jude verstanden sei, so
fragt sich erst: wer ist nach der Lehre des Judenthums
ein Jude? Das Judenthum antwortet:

(Thalmud Tractat Megilla S. 13, a) כל הכופר בע"ז
נקרא יהודי d. h. »Wer der Abgötterei, (dem Fetischismus)
entsagt wird Jude genannt,« mit andern Worten: jeder
Monotheist. Ist nun also selbst nach Ihrer Erklärung
jeder Monotheist unter dem Nächsten im Judenthume verstanden, von Ihnen dagegen jeder ausgeschlossen, der nicht
Katholik ist: wie können Sie noch sagen: »Christus habe
alle zu Nächsten gemacht und dieses Moralgesetz erfüllt?«

Doch wir wollen Ihre Christlichkeit dahin gestellt sein
lassen, auch den schlagenden Beweis aus dem Evangelium,
daß Ihre Behauptung falsch und Herr Rabbiner Aub
mit vollem Rechte die angeführten Stellen als Beleg für
die seinige anführte, daß jeder Mensch im Judenthume der
Nächste sei. Nehmen wir die Bibelstelle im 3. B. M.
selbst zur Hand. Sie lautet: ואהבת לרעך כמוך, d. h. du
sollst deinen Nächsten lieben, wie dich selbst. Nun behaupten Sie dieses **Rea** beziehe sich nur auf Juden. Herr
Professor! es scheint fast, Sie haben seit Ihrer Entfernung
vom Lehramte Ihr Hebräisch vergessen. Schlagen Sie doch
ein hebr. Wörterbuch auf und Sie finden, daß der im
Urterte gebrauchte Ausdruck Rea (Nächster) eine solche
Scheidungslinie zwischen Israelite und Nichtisraelite gar
nicht zulasse. Das Wort bedeutet, nach Gesenius,
1.) Einen, mit dem man Umgang hat, Bekannten,
Genossen, auch Freund; 2.) jeden andern Menschen,
Nächsten, Mitmenschen. So übersetzt und erklärt ein
Christ, der zu den hervorragendsten Kennern der hebr.
Sprache gezählt wird, das Wort Rea und Angesichts dieser Erklärung konnten Sie es über sich bringen, die Be-
hauptung aufzustellen, es sei nur der Jude unter dem
Nächsten (Rea) verstanden? Wäre dieses ein Anderer,
es ließe sich mit Unkenntniß, Unwissenheit bezeichnen, aber
von Ihnen, dem Kenner der hebr. Sprache — o Herr

Professor! es schmerzt mich, zu denken, was ich denken muß. Nun aber noch mehr: im zweiten Buche Moses 11, 3 werden die Aegypter und Aegypterinnen mit demselben Ausdrucke (rea) bezeichnet, waren das Juden, oder waren es — Heiden? Und welche Heiden? kaum daß Herr Ruland und Herr Sepp*) so lieblos gegen uns sind, wenigstens thaten sie, was diese zu thun doch nur beabsichtigen, und dennoch werden sie — als Nächste be= zeichnet.**) Wenn also das hebr. Wort „Rea" als Nächster

---

*) Es ist das mehr als Scherz. Aus den Reden dieser Herren schim=
mert ein Verlangen, ähnlich jenem ägyptischen ja so deutlich und
unverkennbar hervor. Ausrotten, vertilgen wollen Sie die Ju=
den, wohl nicht ins Wasser werfen, aber aussterben lassen.

**) Ich will bei dieser Gelegenheit einem Vorwurfe begegnen, dem
wir fast in allen judenfeindlichen Schriften begegnen und den der
in diesem Literaturzweige sehr bewanderte Herr Sepp auch nicht
vergessen hatte, ich meine die Schätze, welche die Israeliten mit
aus Aegypten nahmen. Wir könnten uns desselben zwar leicht
dadurch entledigen, daß wir sagten: die Bibel haltet ihr eben so
gut als wir für ein heiliges Buch. Darin steht nun, daß es auf
Geheiß Gottes geschehen sei, also auf Anordnung dessen, den
auch ihr als Gott verehrt, den Jesus seinen und euren Vater im
Himmel nennt. War es unrecht, so trifft euer Religionsgebäude
der Vorwurf eben so gut als das unsere. Hat die Bibel für euch
Autorität um Lehren des Christenthums mit zu stützen, so müßt
ihr auch die Verantwortung übernehmen, wo gegen diese Auto=
rität Zweifel sich erheben. Aber wer kann bei gewissen Leuten
Consequenz erwarten. Heute — wenn nämlich die Juden ge=
schmäht werden sollen — wird David ein Verbrecher genannt,
Mörder und Ehebrecher, morgen giebt man sich wieder alle er=
denkliche Mühe zu beweisen, daß — Jesus ein Sprößling David's
sei, und letzter als königlicher Sänger und begeisterter Gesalbter
gepriesen. Doch fern sei, daß ich die Rechtfertigung von unseren
Schultern auf die euren hinzuwälzen beabsichtige, ich will viel=
mehr mit aller Bereitwilligkeit Rede stehen. Zuvörderst sei be
merkt, daß der Thalmud sowie alle jüdischen Commentatoren die
Stelle auffallend und einer Erklärung bedürftig finden, was
als schlagender Beweis dienen kann, daß es deshalb, weil die Ae=
gypter Heiden waren, uns im Allgemeinen gegen Heiden
für erlaubt zu halten, ihnen niemals in den Sinn kam. Es
fragt sich nun, wie läßt sich dieses, der Moralität widersprechende
Verfahren rechtfertigen? Hierauf hat man zwei Antworten
1.) 400 Jahre leisteten dieselben Sklavendienste den Aegyptern

sogar von Aegypter und Aegypterin gebraucht wird, wie können Sie sagen, daß nur der Jude darunter verstanden sei? Nicht minder wird ihre Behauptung durch 2. Buch Moses 20, 16—19 widerlegt. Dort in den 10 auf Sinai verkündigten Geboten heißt es: »Du sollst nicht als falscher Zeuge wider deinen Nächsten aussagen, du sollst nicht begehren das Haus deines Nächsten« und ist ebenfalls das Wort Rea gebraucht. Was meinen Sie nun, Herr Professor, sollte darunter auch nur der Jude zu verstehen sein? sollten Sie es wirklich der Offenbarung auf Sinai zutrauen, sie habe falscher Zeuge zu seyn, nur gegen Juden untersagt, gegen Nichtjuden aber gestattet? Unmöglich! wer die Bibel auch nur als ein menschliches

---

ohne irgend eine Vergütung, ja diese hatten ihre mitgebrachten Besitzthümer höchst wahrscheinlich ihnen entrissen. War es nun unerlaubt, ihr Eigenthum und für ihre Arbeit auch den wohlverdienten Lohn in Anspruch zu nehmen? 2.) Man geht von der Meinung aus, die Israeliten hätten die Geräthe geliehen und waren also verpflichtet, sie zurückzugeben. Doch das im Urterte gebrauchte Wort Schaal (שאל) heißt: „verlangen, fordern." Sie forderten sie, verlangten sie als Entschädigung für ihre Arbeit und die Aegypter gaben sie her als Geschenke; ja, nach der biblischen Erzählung, drängten die Aegypter zum Fortgeben, und wenn diese nun zögernd von ihnen Geschenke empfingen, um zur schleunigen Abreise zu veranlassen, liegt hierin ein moralisches Vergehen? So der Thalmud und jüdische Commentatoren. Ich füge bei: Man muß die Menschen nehmen, wie sie sind und die Zeit, wie sie war. Welch s Volk der Erde, das nach 400 jähriger Sklaverei, auf einer Culturstufe, wie man sich von einem Sklavenvolke wohl denken kann, plötzlich frei wird, und sich im Stande sieht, Rache zu nehmen an seinen blutgierigen Drängern und Henkern, welches Volk würde nicht, bevor es abzog, das Land mit Mord und Plünderung überzogen haben? welches Volk, das jemals in einer nur halb ähnlichen Lage war, hat es nicht gethan? Ich will nicht in die ältesten Zeiten zurückgreifen, ich will auf das Mittelalter, auf die neue, auf die neueste Zeit mit ihren Revolutionen hinweisen, ich will nur an die Verheerungen und Verwüstungen im Bauernkriege, im deutschen und polnischen erinnern, an die Zerstörungen der Schlösser in mehreren deutschen Staaten, auch in Oberfranken im Jahre 1848, wer könnte das jüdische Volk verurtheilen oder gar seinen Nachkommen als Vergehen anrechnen, wenn es Rache an seine Unterdrücker genommen, wenn es mit Feuer und Schwert

Buch betrachtet, in Moses nur einen gewöhnlichen Gesetzgeber, einen Solon einen Lycurg erblickt, wird ihm die Gerechtigkeit widerfahren lassen, einer solchen Verworfenheit war er nicht fähig, sein ganzes Leben und alle seine Einrichtungen beurkunden einen sittlichen Ernst, der ihn über einen solchen Verdacht erhebt. Und Sie, der strenggläubige Katholik und Priester, Sie wollten Moses als einen Schurken erklären, der gegen Nichtjuden falsches Zeugniß zu geben gestattet? Die 10 Gebote, die einen und den wesentlichsten Theil Ihres Katechismus ausmachen,*) als eine Gesetztafel, welche dem sittlichen Herzen nur Abscheu

---

gegen diejenigen gewüthet, sie beraubt und geplündert hätte, die es mit beispielloser Grausamkeit drückten, ins Sklavenjoch spannten die Kinder von der Mutter Brust rissen und ins Wasser warfen, sobald ihm die Macht gegeben war? Herr Sepp erzählt viele Beispiele von seinen Glaubensgenossen, wie sie die Juden verfolgten, ihres Eigenthums beraubten und schonungslos Alles niedermetzelten, weil sie — zu viel Zinsen von ihnen genommen hatten. Herr Sepp erzählt: er habe in der letzten Zeit vielfach die Aeußerung gehört: Laßt sie nur emancipiren, dann jagt sie das Volk alle zum Lande hinaus oder schlägt sie todt." Und das im Jahre 1850 nach der Geburt Christi, in einer Zeit, die sich ihres Fortschrittes und ihrer Zivilisation rühmt: und mehr als 3000 Jahre früher sehen wir ein Volk, das als Sklavenvolk seine Ketten brach, das in einem Barbarenlande lebte und barbarisch mißhandelt worden war, dem das Licht der Offenbarung noch nicht aufgegangen war, das von einem Moralgesetze noch keine Ahnung hatte, aus diesem Lande ziehen, ohne Raub, ohne Plünderung, ohne etwas mitzunehmen, als was ihm seine Unterdrücker — freiwillig gaben. Muß das nicht mit Staunen und Bewunderung erfüllen? muß das nicht die tiefste Hochachtung gegen dessen Befreier einflößen, der über ein solches Volk eine solche Macht ausübte und unter solchen Verhältnissen seine Wildheit zu zügeln wußte, fordern aus dem Lande mit leeren Händen zu gehen, unter diesen Umständen, hieße das nicht Uebermenschliches verlangen? Ich bitte euch, stellt eine Vergleichung an und ihr werdet, über euch selbst erröthend, es unterlassen, diese Stelle ferner noch gegen die Juden anzuführen.

*) Wir betrachten sie wenigstens als den wesentlichsten Theil und auch im Thalmud heißt es: עשרת דברים הן עקר התורה (תמיר ה׳ ,ת׳).

einflößen müßte? Nein, Sie werden, Sie müssen es einge-
stehen, das Wort Rea bedeutet jeden Menschen, und Ihre
Behauptung ist falsch, Ihre Beschuldigung ist unwahr und
ungerecht. Ich könnte noch mehr Belege anführen, aber
wozu? sind diese nicht schon schlagend genug? Oder zeigen Sie mir nur eine einzige Stelle, wo das Wort Rea
ausschließlich nur den Juden als Nächsten bezeichnet!!!

»Doch sind auch nach der Lehre des Thalmuds, der
späteren Rabbinen die Nichtjuden unter dem Gebote der
Nächstenliebe begriffen?« Diese Frage könnte Jemand hier
aufwerfen, und sie soll beantwortet werden. Das Princip
des Judenthums, des biblischen, wie des rabbinischen, ist:
der Mensch ist Gott ähnlich erschaffen und soll Gott ähnlich sein. »Gott schuf den Menschen nach seinem Ebenbilde,
das ist das große Princip der Religion« heißt es im
Thalmud. »Der Mensch soll daher,« lehren die Rabbinen
ferner und machen es dem Israeliten zur Pflicht, »Gott
sich zum Vorbilde nehmen und ihm nachahmen.« Es steht
geschrieben: »»Du sollst in meinen Wegen wandeln«« d. h.
wie Gott barmherzig ist, sollst auch du barmherzig sein,
wie Er gnädig ist, also sollst auch du gnädig sein, wie
Er wahrhaft und gerecht ist, wohlthätig, liebevoll u. s. w.
also auch du« heißt es im Thalmud und bei den Rabbinen (siehe Jalkut II. S. 50, c.). Wenn aber Gott unser
Vorbild sein soll, so versteht sich von selbst, daß wir diese
Eigenschaften besitzen sollen, ohne daß es darauf ankommt,
gegen wen sie in Anwendung zu kommen haben. Ferner:
als oberstes Princip der Sittenlehre im Judenthume kann
das Gebot bezeichnet werden: »Ihr sollt **heilig** sein,
denn ich euer Gott bin heilig.« (3. B. M. 19, 1.) Ist
heilig sein aber etwas anders als sittlich fromm leben?
Heilig sein heißt im Judenthume: Herr seiner Sinnlichkeit, von keiner Lust, keiner Leidenschaft, keinem Erden-
gute sich bestimmen lassen, sondern geistig frei und geistig
stark der Herrschaft der Pflicht sich unterwerfen und von
der Stimme Gottes, Wahrheit, Recht und Liebe sich leiten
lassen. Hieraus ist klar, daß der Israelite die guten Ei-

genschaften des Menschen besitzen soll, also nicht blos tu=
gendhaft handeln, sondern tugendhaft sein muß. Diese
Principien wird man in allen rabbinischen Schriften als
die des Judenthums finden und als Grundlage der
Moral und Sittlichkeit. Eine Unzahl von Belegen ließe
sich zur Bestättigung anführen, aber ich will den Leser
nicht ermüden und begnüge mich mit einigen wenigen Bei=
spielen in Beziehung auf das Verhalten gegen Nichtisra=
eliten.*) »Der Mensch sei demüthig und gottesfürchtig,
benehme sich nach der Lehre Gottes, fromm gegen Vater
und Mutter, gegen Weib und Kinder, gegen Hausleute
und Nachbarn, gegen Verwandte und Freunde, nicht min=
der auch gegen den Heiden auf dem Markte, daß er
bei Gott und Menschen geliebt und angenehm sei.« (Jal=
kut S. 303, c). — »Deine Priester,« steht geschrieben: »das
sind die frommen der nichtisraelitischen Völker,
sie sind in dieser Welt Priester Gottes, wie z. B. Anto=
ninus der Fromme.« (Das. II. S. 46). — »Wer mit uns
umgehe, sei unserem Bruder gleich, daher ist Uebervor=
theilung eines Nichtjuden verboten.« (Tana debe Eliahu.)

---

*) Dagegen mögen die Worte eines christlichen Gelehrten,
der die jüdische Literatur kennt, hier Platz finden. „Der Bund,
das heißt das besondere Gemeinschaftsverhältniß, in welches
Gott zu Israel durch das geoffenbarte Gesetz getreten, be=
zweckt die Heiligung Israels; er lautet mit einem Worte:
„„Ihr sollt heilig sein, denn ich bin heilig.““ Dieß ist das Prin=
cip, die Seele des Mosaismus, sein Lebensodem und nach
ihm bestimmt sich überhaupt das religiöse Verhältniß.“ Symbolik
des mos. Kultus von Bähr I, S. 37. — „Die Heiligung Gottes
und die Heiligung Israels ist das Ziel der mosaischen Religion,
ihr Kern, ihre Seele.“ (Das. S. 89). „Alle Offenbarung Gottes
an Israel ist wesentlich ethischer Natur, trägt den Charakter
der Heiligkeit und bezweckt nichts anders, als die Heiligung
Israels.“ (Das. S. 90.) — „Das Ziel der jüdischen Religion
ist, den Menschen durch die Reinigung von dem Unreinen und
Bösen zur Heiligung und durch die Heiligung zur Vereinigung
mit der Gottheit zu führen.“ (Molitors Philosophie der Geschichte
III. S. 120).

Wer unredlich mit Nichtjuden umgeht, entweiht den Himmel, dessen Gesetzen er Schande bringt.« (Das.) —

Wenn nun auch Stellen vorkommen, die dem Anscheine nach mit diesen Principien nicht im Einklange stehen, so bedenke man doch, gegen wen dieselben gerichtet waren, gegen jene Fetischisten, (Götzendiener) deren Kultus eine abscheuliche Menschenentwürdigung war, die von Moralität und Sittlichkeit keine Ahnung hatten, jedes Verbrechen für erlaubt hielten, wenn es zur Befriedigung ihrer Sinnlichkeit und ihres Eigennutzes diente. Das Leben und die Handlungsweise der Götzendiener (Akum) jener Zeit mußte natürlich bei den Israeliten mit ihrer reinen und erhabenen Gottesverehrung, ihrer göttlichen Ethik Verachtung und Abscheu erwecken, besonders wenn man die zügellose Grausamkeit bedenkt, die sie gegen Andere verübten. Dennoch sind solche Stellen nur als vereinzelte Aeußerungen individueller Gefühle und Indignation zu betrachten, die niemals auch nur im Entferntesten gesetzliche Autorität erlangten.

»Aber wie verhält es sich,« fragt man wohl, »mit den Stellen gegen Christen und Christenthum!« Ich will ganz offen und aufrichtig antworten. Im Thalmud kommt Nichts gegen das Christenthum und gegen Christen vor, wie Herr **Dr. Arnheim** (Stenogr. Berichte S. 524) schon erklärt hat, denn dort werden unter den Nichtisraeliten die Fetischisten oder Götzendiener (akum) verstanden. Sie, Herr Professor, finden das nun lächerlich, wissen aber zur Widerlegung nichts weiter vorzubringen, als »daß heut zu Tage noch jedes Christenweib, welches am Sabbath einen Juden bedient, eine Gojah heiße.*) Ach, wie gelehrt und weise Sie sind! Wenn nun? was beweisen Sie denn damit? daß die ungebildete Klasse der Juden Worte gebraucht, die gar keinen Sinn haben, denn Gojah ist weder hebräisch noch deutsch noch überhaupt ein richtiges Wort.

---

*) Nur bei der ungebildeten Volksklasse kommt dieser Ausdruck vor, im Kreise der Gebildeten hat er sich längst verloren. Ich bemerke dieses nicht zur Entschuldigung, einer solchen bedarf es nicht — sondern, weil es so ist. —

Es ist fälschlich als femin. von Goi gebildet und dieses bedeutet Volk, Nation*), wurde von den spätern
Juden auch als Bezeichnung für »Nichtisraeliten« gebraucht und daher die falsche Wortbildung. Was folgt
nun daraus? das unerhörte Vergehn, daß die Juden eine Christenfrau »Nichtjüdin« heißen. Führwahr ein Ka-
pitalverbrechen! Was noch mehr? daß Nichtjuden goi,
goium genannt werden? Allerdings, goi heißt ja Volk, Nation, warum sollte man nun Nichtjuden nicht so heißen
dürfen? Aber, sagen Sie, es folgt auch daraus, daß die
fraglichen Stellen im Thalmud sich auch auf Christen
beziehen. Das ist nicht wahr, denn es heißt im
Thalmud an diesen Stellen akum und nicht goi. — Anders verhält es sich nun mit spätern rabbinischen Schriften. In manchen kommen allerdings gegen Christen und
Christenthum gerichtete und für beide nicht sehr schmeichel-
hafte Stellen vor. Aber wenn ihr bedenkt, wie Bekenner
des Christenthums mit Feuer und Schwert gegen Juden wütheten und zwar im Namen des Christenthums, wenn ihr bedenkt, wie weit sich die Kirche von
dem Geiste der Liebe und Sanftmuth, die Jesus gelehrt
sich entfernt hatte: wollt oder könnt ihr den Unglücklichen
einen Vorwurf darüber machen, wenn sie sich nicht lobend
aussprachen, wenn sie von der christlichen Religion keine
bessere Meinung hatten, als von dem Fetischismus, der
gegen die Grausamkeiten der Bekenner der ersteren noch
eine Religion der Liebe genannt werden konnte? Sollten
Männer, wie z. B. Abarbanell, der ein Augenzeuge
und Leidensgenosse jener unglücklichen Märtyrer war,
die der fanatische Torquemade mit dem Crucifix in der
Hand aus dem Lande zu jagen, den König von Spanien
und Aragonien gewissermassen zwang, die aus Spanien
nach Portugal flüchtend, aus Portugal vertrieben, in Ne-
apel eine Zufluchtsstätte suchend, überall das blutige
Schwert der Inquisition, geschwungen von christlichen
Priestern im Namen des Kreuzes, gegen sich gezückt

---

*) Auch Israel wird in der Bibel sehr oft Goi genannt.

sahen, sollten diese gleichwohl die christliche Religion als
eine Religion der Liebe und des Friedens preisen? sie,
welche die Bücher des N. T. nicht lesen konnten und auf
seinen Inhalt nur nach den Werken seiner Verkün-
der schließen mußten? Und dennoch, was sie sagten,
waren Aeußerungen, die ihnen der Schmerz erpreßte,
Klaggeschrei und Jammertöne, aber alle Schriften jener
Zeit wenn ihr durchforscht, ihr findet **keine** Aufforderung
zur Rache, oder nur zum Haße, kein einziges Beispiel von
geheimen Verschwörungen oder Erlaubnißertheilung zur
Ausübung eines Verbrechens, wie man sonst wohl in
der Geschichte so manche findet. — Nein, Herr Professor,
die Morallehre des Judenthums d. h. der jüdischen
Religion, ist rein und über alle Beschuldigungen erhaben,
denn daß Princip ist so rein und vollkommen, wie keine
Religion der Welt es reiner und vollkommener hat:
Gott ist heilig und der Mensch **soll** heilig sein.
Eine Religion deren oberstes Prinzip diese Lehre ist: eine
Religion, die als erste und höchste Pflicht von ihren
Bekennern fordert: Gott zu lieben, aber nicht aus Skla-
venfurcht, zitternd vor seinen Blitzstrahlen, sondern aus
kindlicher Ehrfurcht, entstehend aus Erkenntniß seiner
Allmacht, seiner Herrlichkeit, seiner Liebe, seiner Vollkom-
menheit und Heiligkeit; Gott zu lieben von ganzem Her-
zen, ganzer Seele und ganzem Vermögen d. h. (nach thal-
mudischer Auslegung) mehr als dein Leben, als deine
Wünsche und als alle deine irdischen Besitzthümer; den
Menschen zu lieben, aber nicht aus Klugheit, nicht aus
Eigennutz, nicht wegen physischer Verwandtschaft oder Ge-
meinschaftlichkeit des Landes, sondern als Ebenbild, als
Kind Gottes, als geistig eins in Gott, dessen Geist uns
alle belebt, weil, wer Gott liebt, auch den Menschen lieben
müsse und weil in der Liebe zu den Menschen die wahre
Liebe zu Gott erst ihre rechte Verwirklichung erhält; den
Menschen zu lieben, wie sich, für ihn das wollen und
nicht wollen, was wir wünschen, wenn wir an seiner
Stelle wären, das für uns gewollt oder nicht gewollt

so mit der Lehre dieses Propheten übereinstimmen. Im
andern Falle ist es keine Tradition und der sie ausspricht,
spricht keine göttliche Lehre aus, ist also keine Auto=
rität. Was ist nun anders? Hier liegt eine Täuschung
zu Grunde und Sie haben die Sätze so eingeschachtelt
und auf Schrauben gestellt, daß man stark versucht ist,
an eine absichtliche zu denken. Besonders weil Sie nun
fortfahren; »Es ist irrig im Referat gesagt, daß im Thal=
mud nicht Lehren »enthalten seyen, welche für Nichtjuden
für die Persönlichkeit, für das Eigenthum der Nichtjuden
höchst präjudicirlich erscheinen können.« Abgesehen von
der Unwahrheit, will ich einmal annehmen, es sei so, so
haben ja »einzelne Lehrer nicht die mindeste Autorität bei
uns, wenn sie nicht mit der Lehre der Kirche zu=
sammenstimmen.« Was haben Sie nun damit gesagt?
Diese Stellen stimmen mit der Lehre der Kirche nicht über=
ein, haben also keine Autorität. Doch ich verstehe Sie.
Wie ein geschickter Eskamotage schieben Sie mit aller Ge=
schwindigkeit an die Stelle des thalmudischen Lehrers, der
die Tradition ausspricht, die thalmudischen Lehren und
dann — den Thalmud überhaupt. Sie schließen ohngefähr
so: die Tradition ist göttlich und steht im Thalmud, folg=
lich ist Alles was im Thalmud steht, göttlich. Eine hübsche
Logik! Was quälen Sie sich mit solchen Trugschlüssen.
Sie täuschen ja doch Niemanden. Sie suchen das Juden=
thum herabzuwürdigen und verunglimpfen es, um die
Emancipation zu vereiteln. Mein Gott, wir wissen recht
gut und alle Welt weiß, daß nicht unser Charakter und
nicht der Thalmud das Hinderniß ist. Sie wollen uns nicht
emancipiren, weil wir — keine Christen, keine Ka=
tholifen sind. Das ist Ihr wahrer Grund, denn sind
Juden die sich taufen lassen, hernach anders und besser?
Nein, euer Fanatismus, eure Intolleranz ist es, die euch
zu Gegnern der Emancipation macht und sollten die Pro=
testanten jetzt emancipirt werden, ihr würdet nicht minder
Gegner sein. Hat man davon nicht Beweise genug?
Was verscheuchte die Protestanten aus dem Zillerthal?

Ihre Handelssucht oder hatten sie auch einen Thalmud? Das Judenthum wollt ihr erniedrigen, und wie erhaben steht es da gegenüber — nicht der christlichen Religion — aber der eurigen — **eurer** Christlichkeit! Ihr macht im Jahre 1850 den Juden die Gleichberechtigung streitig, und die Religion dieser Juden hat 1500 vor der chr. Z. R. also vor 335⁰ sage vor drei Tausend drei Hundert und fünfzig Jahren Gleichberechtigung für alle als Religions= und Staatsgesetz verkündet. Ja, das Juden= thum wollte Gleichberechtigung im jüdischen Staate auch für Nichtisraeliten; und so strenge von dem Israeliten Befolgung der Cermonial= oder Cultusgesetze verlangt wurde, für den Nichtisraeliten gebe es nur eine Bedingung: Anerkennung des Monotheismus, oder was dasselbe*) ist: des Moralgesetzes und nicht ein= mal des strengen jüdischen, sondern des allgemeinen mensch= lichen, bekannt unter dem Namen der noachitischen Gebote.

Der Kürze halber will ich eine weitläufige Beweis= führung unterlassen, erinnere nur, daß, da alle Israeliten Theil an dem Lande hatten, unter dem Fremden (ger) nur der Nichtisraelite verstanden sein konnte, daß, da hie= bei auf den Aufenthalt in Aegypten hingewiesen wird, wo die Israeliten Fremdlinge (gerim) waren, solche Nicht= israeliten darunter verstanden sein müssen, die nicht blos aus einem andern Heimathlande stammen, sondern auch einer andern Religion angehören. Sie konnten wohl ganz im Judenthum eintreten mit Ausnahme einiger Völkerschaften, wie Ammoniten und Moabiten, ganz mit den Juden sich verschmelzen: aber sie brauchten es nicht, ja man durfte sie nicht zu veranlassen suchen,

---

*) Ich denke nicht, erst beweisen zu müssen, daß Monotheismus und wahre Sittlichkeit als identisch betrachtet werden können. Im Monotheismus wurzelt einzig und allein die wahre Ethik. Der Naturalismus des Heidenthums konnte auch ethische Gesetze geben, aber er selbst ist nicht ethisch und kann von ihm sonach wohl un= möglich jene Heiligkeit der Sittlichkeit ausgehen, die den Menschen als Ebenbild Gottes adelt.

weil man keine Proselyten wollte, die nicht aus innigster
und heiligster Ueberzeugung zum Eintreten in das Judenthum sich entschloßen.*) Das ist nicht bloß biblisch, son-

*) Herr Sepp stellt zwar S. 503 in Abrede, daß überhaupt Jemand
Jude werden könne, selbst wenn er sich beschneiden ließe und fabelt etwas von den 12 Stämmen, woraus kein Mensch klug werden kann.
Das kann aber auch nur ein Mann, wie — — Herr Sepp, der
uns 80 bis 100 Feiertage haben läßt, obwohl wir, den Sabbath
abgerechnet, nur 7 sage sieben biblische und sechs rabbinische wirk-
liche Feiertage haben. Herr Sepp ist so ganz ohne alle Wahrheitsliebe, daß er keine Widerlegung verdient. Nur diese An-
merkung will ich ihm widmen. Es fällt mir nicht ein, alle seine
Unwahrheiten aufzählen zu wollen, mein Büchlein würde zu stark
werden. Eines nur will ich noch anführen, weil es gar zu charakteristisch ist. Herr Sepp läßt den Christen dem Juden die
Ehe mit einer seiner Angehörigen anbieten und letzteren erwie-
dern: das darf ich nicht, ich darf mich nur verheirathen mit Angehörigen meines Volkes; er läßt ihm dann das Anerbieten machen,
den Juden auf seinem Kirchhofe feierlich zu beerdigen. Das
läßt er auch den Juden mit den Worten ablehnen: Das darf
auch nicht sein, denn jeder Umgang mit dir macht mich unrein
(er selbst, wenn ich mich nicht irre, erzählt, daß er mit vielen Juden Umgang gehabt habe), ich darf selbst im Grabe nicht bei dir
ruhen." Also die Juden verweigern die Ehe mit den Christen?
die Juden verweigern es, auf christlichen Kirchhöfen sich beerdigen
zu lassen? Sollte man nicht meinen, die Confession, der Herr
Sepp angehört, hält Ehen mit Juden für zulässig und würde
freudig mit Juden einen gemeinschaftlichen Beerdigungsplatz ein-
richten. Ich will von den unzähligen Bullen und bischöflichen Be-
fehlen gegen Ehen zwischen Christen und Juden schweigen, woraus deutlich hervorgehet, daß solche Ehen bestanden und schon
damals von Seiten der Juden kein Hinderniß war, (ich will indessen an die Erklärungen des Pariser Sanhedrin und der Braun-
schweiger Rabbinerversammlung, die Herr Sepp kennt und anführt erinnern) dieser Mann, der einer Parthei angehört, welche
ganz Deutschland in Allarm setzt wegen gemischter Ehen, zwischen
zwei christlichen Confessionen, welche die Kinder solcher Ehen
Bastarde nennt, welche den Saamen der Zwietracht in die Fa-
milien solcher Ehen zu streuen beschuldigt wird, welche keinen
Protestanten mit Glockengeläute beerdigt, welche —
doch, es könnte scheinen, ich wollte anklagen und das will ich nicht
— dieser Mann erdreistet sich, so zu sprechen, als wenn nur von
Seite des Judenthums das Hinderniß! wäre, der Katholicismus

dern auch thalmudisch. Der Thalmud und mit ihm alle späteren Rabbiner lehren, daß der Nichtisraelite, welcher die sieben (sogenannten noachitischen) Gebote beobachtet ein Frommer (Chasid) sei und der künftigen Welt theilhaftig. Nur der Israelite hat die Cermonial-Gesetze zu beobachten, zur Frömmigkeit des Nichtisraeliten gehört nur Beobachtung des Moralgesetzes, das in jenen genannten sieben Geboten zusammengefaßt ist. Es sind folgende:

1) Anerkennung eines höchsten Wesens als Gott.

2) Heilighaltung des göttlichen Namens (also nicht falsch schwören, keinen der Gottheit unwürdigen Kultus ausüben u. s. w.)

3) Den Nächsten weder zu tödten noch zu verwunden;

4) nicht zu stehlen und zu betrügen;

5) die Gerechtigkeit zu handhaben, der Obrigkeit gehorchen;

6) sich keines Ehebruchs und keiner Unkeuschheit schuldig zu machen und

7) nicht eher vom Fleische eines Thieres zu essen, als bis dieses wirklich todt ist (also Mitleid gegen die Thierwelt).

»Wer diese sieben Gebote annimmt, sagt Maimonides, und sorgfältig beobachtet, der gehört unter die Frommen

---

und namentlich seine Parthei weder gegen die Ehen zwischen Juden und Christen noch gegen die feierliche Beerdigung des Juden auf dem christlichen Kirchhofe ein Hinderniß entgegen stünde! Muß eine solche Falschheit nicht indigniren und ist eine solche Sprache nicht höchst, höchst charakteristisch? Wohlan, Herr Sepp und Consorten! Das Synedrium zu Paris hat erklärt: „die Vermischung mit Christen ist nicht gesetzlich untersagt. Das alte „Gesetz, sich mit Fremden nicht zu verheirathen, betreffe bloß die „Heiden. Eine zwischen Juden und Christen eingegangene Ehe „werde von den Rabbinen als giltig betrachtet.“ Die Rabbiner„versammlung zu Braunschweig hat erklärt: Die Ehe eines Juden mit einer Christin, die Ehe mit Angehörigen monotheistischer Religion überhaupt ist nicht verboten, wenn den Eltern von den Staatsgesetzen gestattet ist, die aus solcher Ehe erzielten Kinder **auch in der israelitischen Religion zu erziehen.**“ Protokolle S. 73. Wohlan! steht von Seiten Ihrer Kirche auch kein Hinderniß entgegen? Sollten wirklich jene Verbote aufgehoben sein? Nun, dann wären wir ja über diesen Punkt im Reinen. Also erklären sie sich!

der Nationen der Welt und hat Theil an der kommenden Welt.«

Die Beobachtung dieser Gebote zu fordern hat gewiß jeder Staat das Recht und die Pflicht. Aber möchten Sie doch, Herr Professor, nicht unbeachtet lassen, wie auch hieraus die Wichtigkeit der Moral, der Sittlichkeitsgesetze im Judenthume, als wesentlichster Bestandtheil erhebt! In jeder Religion will der ihr treuergebene Bekenner und namentlich ihr Stifter, daß dieselbe auch von Anderen anerkannt werde, und wenn ihm auch Proselytenmacherei noch so fremd ist, so wünscht er, in der Ueberzeugung von deren Wahrheit und Vortrefflichkeit, daß auch andere auf dem Wege der Ueberzeugung für dieselbe sich erklären möchten! Wenn nun die jüdische, frei von allem Proselytenwesen, es untersagt, Andere zur Annahme zu verleiten und auch ohne diese die Gleichberechtigung einräumt, dagegen die Beobachtung der Morallehre als unerläßliche Bedingung feststellt: können Sie noch zweifeln und in Abrede stellen, daß in der jüdischen Religion das Moralgesetz das Wesentliche sei? ferner wollen Sie beachten daß diese Vorschriften als für alle Menschen, für alle Nichtisraeliten, Noachiten, dem Noah schon geboten wurden. Unter diesen sind aber natürlich auch die Israeliten und es wird daher öfters im Thalmud darauf Bezug genommen, mit den Worten: Kann es denn etwas geben, was dem Noachiten verboten und dem Israeliten erlaubt wäre? Sie sehen also auch daraus, daß die jüdische Religion Moralität und namentlich Redlichkeit gegen alle Menschen für den Israeliten vorschreibe. — Ich will deßhalb aber durchaus nicht in Abrede stellen, daß im Thalmud und in den rabbinischen Schriften Aeußerungen einzelner Rabbiner vorkommen, die nicht im Einklange stehen mit dem Geiste der jüdischen Religion und der Strenge seines Moralgesetzes, die ich nicht vertreten will, vielmehr verwerflich finde und tadle. Aber es sind Aeußerungen Einzelner, haben keine Autorität und gehören nicht zur jüdischen Religion.

»Doch, wendet man ein, sie stehen einmal in den Büchern jüdischer Rabbiner, dieser und jener liest sie und kann
hiedurch sich irre leiten lassen.« Das hat vor einigen
Jahren Herr Professor Hartman von Rostock schon vorge-
bracht, der seine aus Eisenmenger und ähnlichen Pfützen
gesammelten Citaten gerne auskramen wollte, um glauben
zu machen, daß er ein Kenner des Judenthums und der jüdischen Theologie sei, aber dadurch nur seine Unkenntniß
kund gethan. Herr Dr. Salomon hat ihm seine Halbwissen-
heit nachgewiesen. Hören Sie, was dieser Ihrem Collegen entgegnete:

»Noch nie hat ein jüdischer Gerichtshof den Betrug
gegen einen Christen gerechtfertigt oder auch nur verthei-
digt und so emsig Sie auch im Thalmud und in anderen
rabbinischen Schriften nach schädlichen und gehässigen
Sätzen einzelner Rabbiner suchen mögen, Sie werden keinen einzigen finden, der das schädliche zum Grundsatz,
zur Regel stempelt. Und wenn Sie alle Bibliothe-
ken rabbinischer Schriften, die ehemalige Oppen-
heimersche, die jezt in Orford sich befindende, nicht ausgenommen — durchblättern und excerpiren: so finden Sie
keinen einzigen Ausspruch ähnlich etwa dem des Paters
Benedict Sattler, z. B. in dessen Ethuca christiana,
nach welchem es erlaubt ist: »»einem Andern das Leben
zu nehmen, wenn man seine eigne Ehre und seinen guten
Ruf nicht anders zu retten vermag, da die (eigne)
Ehre ein noch höheres Gut ist, als das Leben (des Nächsten!) und da gegen denjenigen, der unsere Ehre angreift,
(auch wenn wir ihm früher die seinige genommen haben!!)
gleiches Recht der Nothwehr erlaubt sein muß, wie gegen
einen Räuber.««

»Und dieses Buch, und dieser Grundsatz, mein Herr
Professor! ist bei Weitem nicht so alt, wie der
Thalmud oder der Maimonides, oder ein anderes von
Ihnen citirtes Buch; denn die erwähnte ethica christiana
ist cum permissu superiorum 1789, schreibe Siebzehnhundert
neun und achtzig gedruckt und in 6 Bänden erschienen,
und dient noch jezt an vielen Orten als beliebtes Hand-

buch einem guten Theile der alten und jungen katholischen Geistlichen zum Unterrichte.« Sie werden sagen: »Einzelne Lehrer haben ja nicht die mindeste Autorität bei uns Christen und folglich auch ihre Bücher nicht: doch wie, wenn sie cum permissu superiorum zu deutsch: »mit Erlaubniß der Oberen« herausgegeben sind?

»Dieser und jener liest sie« wird gegen uns geltend gemacht, kann man das nicht mit weit größerem Rechte von einem Buche, das als Handbuch dient? Doch lesen Sie weiter: »1817 am 26. November machte der Ihnen gewiß nicht unbekannte Mordpriester Riembauer von jenem sauberen Grundsatze Gebrauch, um sich von den begangenen Mordthaten zu — reinigen. Und wäre auch nur ein solches Beispiel (leider gibt es deren unzählige) in der Christenheit vorhanden, das so ins Leben eingreift und aus dem Leben gegriffen ist, es müßte Sie und alle Ihresgleichen zum Schweigen bringen. Können Sie mir aber Einen solchen Lehr- und Grundsatz in den ältesten rabbinischen Büchern auffinden: so betheuere ich Ihnen, daß ich den Scheiterhaufen selbst mitbauen und anzünden will, auf welchem alle — — rabbinische und thalmudische Schriften den Flammen übergeben werden sollen. Dringen Sie nur besser in den Geist des Thalmuds ein; lernen Sie nur erst streng unterscheiden, zwischen den Aussprüchen eines Einzelnen, der oft auf der Stelle widerlegt und verworfen wird und den Aussprüchen der Vielheit; lernen Sie erst den Unterschied kennen, der zwischen den Behauptungen in der Hagada und in der Halacha Statt findet, verschaffen sie sich erst deutliche, wo möglich klare Begriffe von dem, was die Rabbinen von Sinai abgeleitet haben wollen (halacha lemosche misinai) überzeugen Sie sich erst durch ein gründlicheres Studium, daß in dem 12 folianten starken Buche Scherz und Ernst, Erhabenes und Gemeines, Wahres und Falsches neben einander sich befindet, und daß man also, um für seine Behauptungen thalmudische Belege zu finden, den Charakter aller dieser Doktrinen kennen muß; erwägen Sie ferner, zu welcher

Zeit die Bücher gesammelt worden, und wie es in derselben um das Christenthum und seine Bekenner stand;
gehen Sie mit mehr kritischem Geiste und mit weniger Vorurtheile an das Studium dieser Bücher,
und schreiben Sie selbst einem Burtorf nicht blindlings
nach, sondern sehen mit eigenen Augen: so werden Sie
bei der Auffindung und Zusammenstellung von Aussprüchen und Stellen weit behutsamer, humaner, oder, wenn
Sie lieber wollen, christlicher zu Werke gehen: Sie werden alsdann Ihre Kenntnisse in der hebr. rabbinischen
Literatur zum Einreißen und Zerstören der unzähligen
Vorurtheile, die seit Jahrtausenden gegen uns herrschen,
anwenden, nicht aber, wie Sie es gethan um diesen
Vorurtheilen neue Nahrung und noch tiefere
Wurzeln zu verschaffen, damit Sie sich bei dem
gelehrten und ungelehrten Pöbel beliebt und —
wie weiland Eisenmenger — berühmt machen.«
So Herr **Dr. Salomon.** Und was meinen Sie, Herr
Professor! scheint Alles dieses nicht ganz wie für Sie
geschrieben? Sie wollen die jüdische Religion für Alles
verantwortlich machen, was ein jüdischer Rabbiner gesprochen, geschrieben, gethan, wenn es auch mit ihren Lehren im Widerspruche steht, was aber Priester, Mönche,
Bischöfe und Päbste gelehrt oder gethan haben, das soll
die Kirche nichts angehen, wenn es auch der Moral entgegen ist. Hierin bin ich und ist alle Welt mit Ihnen ein-
verstanden, aber Sie müssen uns ein gleiches Recht widerfahren lassen. Weit weniger noch, als im Christenthume,
kann im Judenthume von der Autorität einer Person
die Rede sein. Die höchste Autorität ist die Lehre.
Ihr ist jeder, der Gelehrteste, wie der Ungelehrte, der
Hohepriester und das Oberhaupt der Schule nicht ausgenommen unterworfen. Im Judenthume giebt es Niemanden, der die Macht hat zu binden und zu lößen,
dem Gesetze entgegen. Wohl sind Abänderungen zulässig, aber wieder nur nach dem im Gesetze gegebenen
Normen, und zwar hinsichtlich der Cermonial-Gesetze
nur, keineswegs aber hinsichtlich der Moralge-

setze. Es gab niemals in der Welt einen Israeli=
ten, der gesetzlich die Autorität gehabt hätte,
eine unmoralische entgegen der göttlichen Lehre,
pflichtwidrige Handlung zu erlauben. Und wenn
es Einer gewagt hätte, er würde für einen Abtrün=
nigen gehalten worden sein! Wie das die Kirche hält,
geht mich nichts an, aber daß es im Judenthume sich so ver=
halte, dafür verpfände ich mein Wort und meine Ehre.

Ganz für Sie geschrieben ist aber auch das Urtheil
das Herr Dr. S. über weiland Hartmanns Kenntnisse
im Gebiete der jüdischen Theologie fällt. Auch Sie schei=
nen mir in diesem Gebiete nicht sehr heimisch zu seyn,
wenigstens sind Ihre hierauf bezüglichen Aeußerungen zum
größten Theile ganz irrig. Sie reden von einer angenom=
menen und nichtangenommenen Halacha. Wenn dieses le=
diglich ein theoretischer Irrthum wäre, ich würde vielleicht
schweigend darüber hinweggehen, jedenfals nur schonend
ihn berichtigen. Sie machen aber hievon eine höchst
wichtige praktische Anwendung, und müssen mir daher
schon erlauen, daß ich etwas länger dabei verweile.

Um den thalmudischen Satz: „dina demalchutha dina,"
der bei Widerlegung feindseliger, dem Thalmud und an=
deren rabbinischen Schriften entnommenen Argumente von
entscheidender Wichtigkeit ist, indem er dem Staate,
wie das bei keiner andern Religion der Fall ist,
die Garantie giebt, daß die Religion mit ihm und seinen
Gesetzen gar nie in Collision kommen kann, es müßte
denn — was natürlich nicht zu besorgen ist — diese die
Religion selbst in ihrer Ganzheit oder ihrem Wesen zu
vernichten beabsichtigen, um diesen Satz, dessen Wichtigkeit
Ihnen wohl einleuchten mochte, zu entkräften, sagen Sie:
es gäbe eine angenommene und nicht angenommene Ha=
lacha, »was hindert den Juden, die Lehren anderer Rab=
biner, welche dem Spruch: „dina demalchutha dina" das
Gesetz des Staates ist Gesetz« nicht beipflichten, zu seiner
Handelsnorm zu machen? Gesetzt, es gebe eine angenom=
mene und nicht angenommene Halacha, so fragt sich erst,
zu welcher dieser Satz gehört und erst wenn nachge=

wiesen ist, daß es Rabbiner giebt, die ihm nicht beipflichten, hat die von Ihnen gestellte Frage einen Sinn.
Da Sie dieses aber noch nicht erwiesen haben, so begehen
Sie eine petitio principii oder deutsch gesagt, Sie erlauben sich einen Luftsprung, der gar nicht redlich ist. Uebrigens bin ich so frei, Ihrer ganzen Behauptung zu wider-
sprechen, selbst auf die Gefahr hin, von Ihnen als »Nicht-
unterrichteter« bezeichnet zu werden. Sie mögen es nun
im Pinner oder sonst wo gelesen haben, es ist nicht wahr,
so wie es auch nicht wahr ist, daß der Thalmud aus
Mischna, Gemora und Thosphoth besteht, oder die
Mischnah über der Thorah und die Gemorah über der
Mischnah stehe. Wissen Sie, Herr Professor! daß Sie sich
mit solche Behauptungen recht lächerlich machen? Wenn
Sie das einem Thalmudschüler von 8 Jahren sagen: der
Thalmud besteht aus Mischnah, Gemora und Thosphoth,
er wird Ihnen ins Gesicht lachen und wissen, daß Sie
noch niemals unmittelbar aus dem Thalmud selbst schöpf-
ten. Es lautet gerade so, als wenn Jemand sagen würde:
die Bibel besteht aus den mos. Büchern, den Propheten,
Hagiographen und Anmerkungen des Allioli, weil er zu-
fällig eine Bibel mit Ihren Anmerkungen in die Hände
bekommen hätte. Die Thosphoth sind im Thalmud beigedruckt, das mögen Sie wohl gesehen haben, aber sind
so wenig ein Bestandtheil des Thalmuds, als der Commentar Raschi's, der ebenfalls beigedruckt ist, oder sonst
ein Commentar Bestandhteil des Buches genannt werden
kann, das er comendirt und dessen Text beigedruckt ist.
Die Thosphoth sind Glossen oder Zusätze, aber nicht
zum Thalmud, sondern zu dem Commentare den der Rabbi
Salomon, Raschi genannt, (lebte im 11. Jahrh.) verfaßte.
Sie sehen Herr Professor! Sie haben sich arg vergal-
loppirt und Ihre Unkenntniß außerordentlich bloß gestellt,
so daß mit gutem Gewissen der redliche Forscher auf
diesem Gebiete Ihnen wenig Vertrauen mehr schenken
kann. Denn wissen Sie nur: zwischen der Zeit der Herausgabe des Thalmuds und der, in welcher die Gelehrten lebten, von welchen diese Glossen, Thosphoth ge-

nannt, herrühren, und von Ihnen irrthümlicher Weise
Bestandtheil des Thalmuds genannt werden, liegt
ein Zeitraum von mehr als 800 Jahren. — Ich
kann mir indessen Ihren Irrthum erklären. Sie haben ir-
gendwo gelesen daß die Thosephtha zum Thalmud gehöre
und meinten Thosphoth und Thosephtha wären eins.*)
Nun ist zwar auch die Thosephtha kein Bestandtheil des
Thalmuds, sondern gehört bloß der thalmudischen
Zeit an und hat einen Thalmudlehrer Rab Chija, (lebte
im 3ten Jahrh.) zum Verfasser; aber wenn es auch wäre,
ist es jedenfalls ein quid pro quo, daß Sie gegen den
Thalmud etwas beweisen wollen mit einer Stelle in
Thosphoth, welche nicht zum Thalmud gehört, weil die
Thosephtha zum Thalmud gehöre, die mit Thosphoth wei-
ter nichts gemein hat, als die Buchstaben ihrer Namen.**)

Der Thalmud hat seiner Form nach nur zwei Bestandtheile: Mischna und Gemara. Seinem Inhalte nach
hat er ebenfalls zwei Bestandtheile, die jedoch einem ge-
meinsamen Begriffe subsumirt werden können, dem des
Midrasch oder der Auslegung. Sein Haupt und we-
sentlicher Inhalt ist Auslegung der Bibel. Es gab nun
eine zweifache Auslegung, eine gebundene und eine freie,
jene hieß halacha, diese die Hagadah. Jene, die
halacha (Regel, Richtschnur hebr. mischpoth Targum erod
21, 9***) und diese die hagadah (Gesagtes) sind im Thalmud wohl äußerlich nicht geschieden, aber ihrem Inhalte
nach so deutlich unterschieden, daß wer den Thalmud zu
lesen wirklich versteht, auch sehr wohl weiß, was der
Halacha und was der Hagadah angehört. Später hat man sie
sogar auch äußerlich geschieden und ist sowohl die Halachah
als auch die Hagadah gesondert vorhanden. Sie haben,

---

*) Hebräisch werden beide mit gleichen Buchstaben geschrieben und
punktirt sind bekanntlich die rabbinischen Schriften nicht. Eine
solche Verwechselung ist daher für den Anfänger leicht möglich
und auch sehr verzeihlich, nämlich תוספה kann eben so gut Thos
photh als Thosephtha heißen.

**) Uebrigens habe ich auch im Traktat Sanhedrin Fol. 57, 1 nach-
geschlagen und nichts gefunden.

***) Siehe Zunz „Gottesdienstliche Vorträge der Juden" Kap. 3 u. 4

Herr Professor, wie es scheint, hier wieder die Unterscheidung zwischen halacha und hagada verwechselt mit einer
Unterscheidung zwischen angenommener und nicht angenommener Halacha.*) Aber nur die erstere ist richtig, die
leztere dagegen ist falsch, wie Sie bald sehen werden. Sie
berufen sich zwar auf Herrn Pinner; Pinner und immer
Pinner! Meinen sie denn dieser Pinner ist unser Pabst
und seine Worte gelten für untrüglich? Ob Sie nicht vielleicht Pinner selbst mißverstanden haben? Es ist wohl möglich, sogar wahrscheinlich (ich habe das Buch nicht·, aber
uns ist es ganz einerlei, ob Sie oder Pinner es sagt.
Wir halten uns an dem Thatsächlichen, Geschichtlichen
und Wahren. Ich will Ihnen nun einmal den Unterschied
zwischen Halacha und Hagada klar machen, und Sie werden sich selbst überzeugen, daß die Unterscheidung und Ausscheidung nicht, wie Sie glauben, »sehr schwer« ist, sondern sehr leicht. Die Halacha, oder auch halachische Exegese ist jene Auslegung der Bibel, welche die für das
praktische Leben in der Bibel enthaltenen gesetzlichen Vorschriften zum Objekte hat, welche, um kurz und anschau-
lich mich auszudrücken, die sogenannten Thariag Mizvoth
(613 Ge- und Verbote) detailirt fürs praktische Leben fest-
stellten. Von ihr sind also Erzählungen und Religions-
wahrheiten als Gegenstand der Exegese ausgeschlossen.
Ihr Zweck ist Feststellung des Gesetzes, worin es besteht und seine Beobachtung zu bestehen habe, dann die
damit verbundenen Casualfragen. Diese Auslegung
war nun gebunden, aber nicht bloß durch den Text der

---

*) Ihre malitiöse Verdächtigung der Rabbiner S. 528 der stenogr.
Berichte will ich unbeachtet lassen. Wer andere verdächtigt, schmäht
sich nur selbst. Der arglose Mensch, ohne Falsch und Tücke verabscheut
Verdächtigungen. Bei dieser Debatte schien leider gewissen Leuten
alles erlaubt. Nur das sei ihre Strafe, daß ich Ihnen die Worte
des Thalmuds ans Herz lege: הוה דן את כל האדם לכף זכות
d. h. „beurtheile jeden Menschen nach der guten Seite oder ver-
dächtige nicht! und: החושד בכשרים לוקה בגופו wer gegen
Unschuldige Verdacht hegt, schlägt sich selbst." (Thalmud Sabbath
S. 97, a und Moed Katan S. 18, b).

Bibel selbst, sondern es war auch das subjektive Urtheil, seine individuelle Auffassung und hermeneutische
Auslegung des Textes durch die Tradition beschränkt.

Die Tradition (Ueberlieferung auch Kabbalah genannt) beruht nämlich auf der gewiß auch richtigen
Voraussetzung, daß Moses dem Volke das geschriebene
Gesetz nicht gegeben habe, ohne die darin befindlichen un-
klaren und unbestimmt gelassenen Vorschriften zu erklären,
welche Erklärung, um nicht wieder, wie jedes Geschriebene, später einer Erklärung zu bedürfen, mündlich fort-
gepflanzt wurde und werden sollte von Geschlecht zu Geschlecht. Hiedurch war Uebereinstimmung und Einheit ge-
sichert, denn es mußte jeder sich den Aussprüchen deren
fügen, welche die Träger der Tradition waren, und mit
der Erklärung: »so habe ich gehört« war jede Contro-
verse gänzlich abgeschnitten. Die von Moses gegebene
Erklärung konnte jedoch unmöglich für alle Fälle ausreichend sein und für alle Zukunft, auch würde troß der
sorgfältigen Bewahrung der Tradition, für selten vor-
kommende Fälle die ursprüngliche mosaische Erklärung vergessen, und es blieb nichts übrig, als durch exegetische
Behandlung des Textes nachzuhelfen. Auch hier war indessen keine freie Exegese gestattet, sondern es mußten jene
exegetischen Regeln beobachtet werden, welche selbst als
traditionell gelten. Doch war hiebei schon ein Auseinan-
dergehen der Ansichten und Meinungen möglich. Noch
mehr war dieses der Fall, als in Folge der vielfältig ver-
änderten Zustände und Lebensverhältnisse ganz neue Fragen entstanden und Casualien vorkamen, über welche weder die Tradition, noch die traditionelle Exegese genügen-
den Aufschluß gab. Hier mußte man theils durch freie
Auslegung des Textes, theils durch Analogien, theils durch
Schlüsse aus früheren Fällen u. s. w. eine Antwort zu er-
mitteln suchen. Ganz natürlich war hiedurch noch mehr
Gelegenheit gegeben, daß verschiedene Ansichten sich geltend
machten. Was war nun da zu machen? Es mußte doch
eine Entscheidung gegeben werden und Uebereinstimmung
wollte man auch. Es wurden daher für die leßteren Fälle

bestimmte Regeln festgesezt, nach welcher Ansicht zu ent,
scheiden sei. Diese Entscheidung heißt ebenfalls halacha.*)
Das Wort halacha hat sonach eine doppelte Bedeutung,
einmal, wie oben angeführt, die Auslegung für die Praxis
an sich und dann bei Contraversen oder strittigen Punk=
ten der Beschluß die Entscheidung für die Praxis. Es
gibt nur wenige Fälle des Zweifels oder der Ungewißheit,
wie die halacha sei. Größtentheils ist im Thalmud schon
entschieden, und wo dieses nicht ist, reichen die gegebenen
Regeln meistens aus. Doch gibt es auch einige Fälle, wo
die halacha (d. h. in der zweiten Bedeutung: Beschluß
über den einzelnen Fall, zweifelhaft und spätern Ansichten
Gelegenheit zur eignen Forschung geblieben ist. Weit ent=
fernt aber, daß diesen irgend ein willführliches Verfahren
gestattet ist, so müssen auch sie vielmehr wieder nach den
in der halacha feststehenden Regeln entscheiden.

Ganz anders dagegen ist es bei der Hagada — oder
auch hagadischen Auslegung. Ihr Gegenstand oder Ob=
jekt ist zunächst der Theil der Bibel, welcher sich nicht
aufs praktische Leben bezieht, wie z. B. die Erzählungen,
die theoretischen Lehren oder auch die ganze Bibel, inso=
fern der Text, ohne Beziehung auf die Praxis ganz einfach
erläutert werden soll, oder endlich insofern der Zweck der
Auslegung nicht Feststellung des Gesetzes ist, sondern Be=
lehrung des Geistes, Bildung des Herzens, Erweckung des
religiösen Sinnes Aufmunderung zur Ausübung des Gu=
ten, Stärkung in der Hoffnung und Tröstung im Schmerze,
mit einem Worte: die Religiösität des Volkes.

Der hagadische Ausleger ist frei und ungebunden,
er läßt ganz von seiner subjektiven Auffassung sich bestim=
men, deutet mit seinem Verstande, sprachlich, symbolisch
oder auch bildlich, schmückt seinen Vortrag mit Parabeln
und Legenden, bedarf keiner persönlichen Autorität und

---

*) Hierin scheint mir der Schlüssel zu der Confusion zu liegen, in
welchem Herr Allioli sichtbarlich sich befindet. Von dieser doppel=
ten Bedeutung weiß er nichts und verwechselt daher das Wort
in seinen verschiedenen Bedeutungen, wie er auch vermuthlich
Thosphoth und Thosephtha verwechselte.

stützt sich nicht auf persönliche Autoritäten. Seine Ausle=
gung muß ihren Werth in sich haben, oder er ist ein vor=
übergehender und schwindender, während in der Halacha
Bleibendes entwickelt wird, das im praktischen Leben sich
sichtbar macht und von der Autorität der Behörde, Schu=
len und Gesetzeslehrer getragen wird.

Hienach sind also Halacha und Hagada sowohl durch
ihren Gegenstand, als durch die Art und Weise der Be=
handlung, als auch durch den dabei beabsichtigten Zweck
verschieden, und dennoch soll ihre Unterscheidung »sehr
schwer« sein? Es braucht Niemand ein Sachkenner zu
sein, um das Irrthümliche dieser Meinung einzusehen.
Wer freilich sich für einen Thalmudkenner hält, weil er
nothdürftig im Thalmud zu buchstabiren vermag, der mag
sich hiezu nicht befähigt fühlen, aber kein wirklich Thal=
mudkenner wird in Verlegenheit sein, wenn er bestimmen
soll, was der Halacha und was der Hagada angehört.

Wahr ist, es kann der Gegenstand der Halacha auch
zum Gegenstande der Hagada gemacht werden. Wenn ich
z. B. den Vers 2. B. M 12, 19 daß am Pesach kein ge=
säuertes, sondern ungesäuertes Brod gegessen werden soll
für die Praxis erkläre, welches Brod ein gesäuertes
sei, wie lange dasselbe nicht genossen werden dürfe, wie
das ungesäuerte Brod zubereitet werden müsse u. s. w.
so gehört diese Erklärung der Halacha an, ich muß mich
an der Tradition halten und meine Antwort muß in der
Halacha begründet sein. Wenn ich aber die Bedeu=
tung des ungesäuerten Brodes erkläre, wenn ich Grund
und Zweck eines solchen Gesetzes erforsche, dann ist meine
Auslegung eine hagadische und ich habe mich lediglich vom
Texte und Wahrheitsliebe leiten zu lassen. Hier ist nun
die Scheidung allerdings etwas schwerer, aber schwer ist
nun eben etwas Relatives und was dem Einen schwer
dünkt, ist es darum nicht auch dem Andern, der mit sei=
nem Gegenstande sich vertraut gemacht hat. Es kommt
immer nur darauf an, ob die erforderliche Fähigkeit vor=
handen ist, in der Wissenschaft nicht minder als in der

Kunst. Für den Thalmudkenner hat eine Ausscheidung der Halacha von der Hagada gar keine Schwierigkeit und es wurde die Hagada ausgeschieden von Rabbi Jakob Sohn Chatibs (Ein Leidensgenosse der aus Portugal Verbannten im 13. Jahrh.) der sie zusammengestellt und En Jacob betittelte. Es wurde die Halacha selbstständig ausgeschieden von Rabbi Isaak Alphasi (im 11ten Jahrh.) aus Fez in Marokko, von Maimonides (im 12ten Jahrhundert blühend) und noch Anderen, ohne daß einem dieser Männer Divinationsgabe zugeschrieben wird.

Warum die halachische Exegese eine gebundene war, die hagadische dagegen eine freie, wurde theilweise schon oben angedeutet. Weil im praktischen Leben Einheit und Uebereinstimmung in dem religiösen Verhalten sein sollte, damit es nicht aussehe, als wären es zweierlei Religionen, damit keine inneren religiösen Spaltungen vorkommen, und Religionskämpfe vermieden werden. Die Auslegung der Zerimonialgesetze ist aber so verschieden möglich, daß Spaltungen gar nicht zu vermeiden waren, ohne eine traditionelle Deutung. Dieser sollte sich jeder unterwerfen und in der Praxis das Cermonialgesetz jeder so befolgen, wie die Ueberlieferung es lehrt, wie er es hört, daher die Halachah auch שמעתא (Gehörtes) genannt wird. Eine solche traditionelle Deutung war demnach auch **nur** bezüglich der Zerimonialgesetze nothwendig, nicht aber bezüglich der Moralgesetze, die der menschliche Geist ohnehin schon verständlich findet und in deren Auslegung bei Allen, die mit Wahrheitsliebe sie verstehen wollen, auch Uebereinstimmung nicht fehlen kann. In der That machen auch die Rabbinen einen solchen Unterschied und die Cerimonial oder Kultusgesetze werden מצוית שמעיית d. i. Gebote die lediglich aus Gehorsam befolgt, nur nach der Tradition erklärt werden, genannt, während sie die Moralgesetze, oder Vorschriften der Sittlichkeit מצוית שכליית d. i. Gebote, die wir mit unserer Vernunft begreifen und zu deren Auslegung und Erklärung auch die menschliche Vernunft ausreichend ist. Für die

Moralgesetze gibt es sonach keine Tradition und bedurfte es keiner. Merken Sie wohl auf, Herr Professor, denn das schlägt Ihnen Ihre sämmtlichen vom Thalmud und den rabbinischen Schriften hergenommenen Beschuldigungen nieder! Die ethischen Vorschriften in der Bibel gehören allerdings zur Halacha und sind auch in dieselbe aufgenommen, aber da sie ohne weitere Auslegung aus der Bibel schon klar und verständlich sind, so hat auch eine besondere traditionelle Erklärung derselben nicht Statt gefunden, folglich ist auch die Bibel einzig und allein die Quelle, aus der wir über unsere moralischen Pflichten uns zu belehren haben. Alles Ethische, das im Thalmud vorkommt ist folglich Hagada und wird beachtet wenn es schön und gut ist, wie bei jedem anderen Buche; dagegen wenn es der biblischen reinen Sittenlehre widerspricht, als Aeußerung eines Einzelnen verworfen. Haben sie das recht verstanden? Herr Professor! Hinsichtlich unserer Ethik ist uns der Thalmud nur ein Hülfsbuch und von einer traditionellen Autorität gar keine Rede. Auch weiß jeder, daß hinsichtlich der Moral der Mensch weniger der Belehrung bedarf, was er soll und nicht soll, als der Anregung und Stärkung, zu thun, was er soll; und was er nicht soll zu lassen. Das bildet aber, wie wir oben sehen, einen Bestandtheil der Hagada. Daher auch, wie die Tradition ausschließlich nur auf Cerimonialgesetze Bezug hat, in der Hagada das ethische Element das vorherrschende und eigentlicher Zweck derselben ist. Ich sehe darum gar nicht ein, wozu Sie sich die Mühe gaben, Ihre Collegen zu versichern, daß die jüdischen Thalmudisten die Tradition, die im Thalmud liegt, für essentialen Bestandtheil ihrer Religion ansehen, für göttliches Wort. Ja, das thun Sie, und wenn Sie nun auch hinzufügen, daß im Thalmud Lehren enthalten seyen, welche für Nichtjuden präjudicirlich erscheinen, so haben Sie damit gar nichts gesagt. Die Tradition sehen die Juden für einen wesentlichen Bestandtheil an, aber sie sehen jene Lehren nicht für Tradition an. Sie sagen selbst, diese liege im Thalmud, aber nicht, daß

der Thalmud Tradition sei. Und nun habe ich Ihnen be=
wiesen, daß die Tradition sich nur auf das Cermonialge=
setz beziehe und beziehen könne, folglich auch jene Lehren
keine Tradition sind und keine sein können, folglich auch
Sie sich hierüber beruhigen dürfen. — Doch nun endlich
zu dem, wovon wir ausgingen, dem Satze dina demal=
chutha dina. Daß dieser Satz zur Halacha gehöre,
gestehen Sie selbst zu und ich kann die Beweisfüh=
rung unterlassen. Aber das sei zweifelhaft, ob er zur an=
genommenen oder nicht angenommenen Halacha gehöre.
Nun giebt es aber keine nicht angenommene, also wäre
Ihr Zweifel gelößt. Wenn dieser einen Sinn haben soll,
so müssen Sie ihn so aufstellen: wer weiß ob es ein tra=
ditioneller Satz ist? er kann ja doch zu den bestrittenen
gehören, es kann im Thalmud nicht hierüber abgeschlos=
sen d. h. er kann als Halacha, als giltiger Beschluß,
nicht angenommen sein? es kann überhaupt bei diesem
Satze dem Einzelnen überlassen sein, den Rabbinern bei=
zustimmen, die ihn bestreiten? Aber, Herr Professor, der
Thalmud ist ja nicht jenseits des Meeres, daß Sie sagen
könnten, wer geht hinüber und holt ihn? Sie haben ja
so viele Stellen, wie Sie sagen gegen uns darin gefun=
den, warum sahen Sie nicht nach, auch dieses zu finden?
Doch nein, ich will Ihnen die Mühe sparen, ich habe
nachgesehen und wenn Sie mir nicht glauben, so schlagen
Sie Baba Kama S. 113*) auf und überzeugen Sie sich,
daß dieser Satz wirklich Halacha ist d. h. angenomme=
ner Beschluß; schlagen Sie ferner nach Choschen Ha=
mischpot 369, 2 und 74, da finden Sie, daß er auch auf=
genommen ist in den codex als unbestrittene und giltige
Halacha. Sie wollen die Giltigkeit dieses Satzes in Zwei=
fel ziehen, »indem es höchst unwahrscheinlich ist, daß Mo=
ses sein Gesetz anderen Landesgesetzen untergeordnet habe.«
Darin haben Sie ganz recht, daß Moses dieses nicht ge=

---

*) Bei dieser Gelegenheit können Sie sich auch überzeugen, daß gesel
nochri d. h. „Beraubung eines Heiden" nicht erlaubt ist. — Sie
können zum Ueberflusse auch noch Tract. Gittin S. 10, Nedarim
S. 28 und Baba Bathra S. 54 nachschlagen.

than. Er gab sein Gesetz für seinen Staat und es wäre
freilich höchst sonderbar, wenn er in seinem Staate, sein
Gesetz dem eines anderen Landes unterordnen würde. Darüber
aber täuschte sich Moses nicht, daß wenn der jüd. Staat nicht
fortbestehen sollte, die das Bestehen eines solchen Staates
voraussetzenden Gesetze uns nicht mehr oder doch nicht
mehr so befolgt werden könnten, so wenig als die den
Tempel voraussetzenden Kultusgesetze, wenn es keinen
Tempel mehr giebt. Hierüber kann doch Moses Fürsorge
getroffen haben? Ihr Argument beweist also nichts.
Ob er es auch gethan habe, ist eine andere Frage, die
sich kaum wird verneinen lassen. Wie? wenn er den späteren Religionsbehörden die Befugniß einräumte, ja die
Pflicht auflegte, den Zeitverhältnissen und Zeitbedürfnissen
Rechnung zu tragen und entsprechende Anordnungen zu
treffen, die jedoch den Grundprincipien des Mosaismus
nicht entgegen sein dürfen? Würden Sie den Thalmud
aus ihm selbst kennen, Sie wüßten dieses und hätten
dann auch die Stelle nicht mißverstanden und verunstaltet,
daß die Mischna über die Bibel und die Gemora über der
Mischna sei. Für so albern müssen Sie die Rabbinen
nicht halten. Es gilt das nur in dem Sinne: Wo der
Zeit Rechnung zu tragen ist, müssen die von den Religionsbehörden der Gegenwart ausgehenden Anordnungen
befolgt werden, auch wenn sie den einer früheren, selbst auch
die Bibel nicht ausgenommen, entgegen sind. Das Judenthum will keine Stagnation, sondern Fortschritt, will
nicht eine todte Mumie sein, sondern ein lebendiges Gesetz und im Leben Anwendung finden, daher das im
Laufe der Zeiten Abgestorbene ausscheiden, um stets leben-
dig zu pulsiren. Dieser Ansicht, Sie dürfen mir es glauben, huldigen alle Rabbinen, auch die orthodoxesten, die
nur darin von denjenigen abweichen, die einer freieren
Richtung huldigen, daß sie manches nicht für abgestorben
halten, was in den Augen der lezteren leblos ist, daß sie
für eine hiezu befugte Religionsbehörde andere Beding-
nungen stellen u. s. w. Aber im Principe herrscht hierüber
keine Meinungsverschiedenheit. Doch auf die Sache selbst

zurückzukommen, waren jene Religionsbehörden wie die Synagoga Magna (die Männer der großen Synode) — wo es zum Bestehen der Religion oder zur Beseitigung der zwischen Lehre und Leben eingetretenen Differenzen erforderlich ist — sowie die späteren Schulhäupter allerdings traditionell berechtigt in der Halacha anders zu bestimmen, als die bisherige vorschrieb, neue Anordnungen zu treffen, und zeitgemäße Beschlüsse zu fassen, versteht sich im Geiste des mosaischen Princips.

Nun hören Sie Herr Professor! ein solches in hohem Ansehen stehende Schuloberhaupt war Samuel (im dritten Jahrhundert), ein Träger der Tradition, berühmter Thalmudlehrer und auch als Astronom und Naturforscher in hohem Rufe stehend. Er besaß auch Arzneiwissenschaften und ward am Hofe des 2ten Perserkönigs (Schabur des Ersten) hochgeschäzt. Der König pflog Unterhaltungen mit ihm über jüdische Gesetze und er selbst lernte hiedurch das persische Recht kennen und stellte, im Einverständniß mit dem Rasch Gelutha (so hieß das Oberhaupt aller Juden im babylonischen Reiche) den Grundsatz auf: dina demalchutha dina »das Gesetz des Staates ist Gesetz« und in Folge dessen waren auch die Rabbinen genöthigt, das persische Civilrecht zu studiren. Denn dieser Grundsatz fand auch nicht den mindesten Widerspruch. Im ganzen Thalmud findet sich keine Spur einer Opposition und wenn Sie mir eine namhaft machen, der im Thalmud oder in einer späteren Zeit die Giltigkeit dieses Satzes bestritt, so will ich verurtheilt sein, Sie — für einen Thalmudkenner zu halten. —

Die Giltigkeit dieser Halacha ist formell und materiell begründet, er ist an sich so weise und dem Geiste des Judenthums so ganz entsprechend, daß nur hieraus das seltene Beispiel sich erklären läßt, eine solche hochwichtige und so tief ins Leben eingreifende Lehre ohne allen Widerspruch angenommen zu sehen. Dieser Satz ist also unbestritten für jeden Juden ein Religionsgesetz.

Ich habe mich lange hiebei verweilt, denn einmal ist dieser Satz von so außerordentlicher Wichtigkeit bei der vorliegenden Frage, daß er eine gründliche Erörterung wohl verdient, dann aber wollte ich auch zeigen wie wenig diejenigen, die für thalmudkundig gehalten werden und sich selbst dafür halten, in Wahrheit weder vom Thalmud, noch von der jüdischen Theologie überhaupt, ja selbst von der Geschichte des Judenthums und seiner Bekenner wissen, dennoch aber hierüber mit einer Zuversicht zu urtheilen sich nicht scheuen, als wenn sie das ganze Gebiet der jüd. Literatur durchwandert und in seinen tiefsten Tiefen erfaßt hätten. Man schwieg und so wuchs diese Selbsttäuschung und trägt jetzt ihre bitteren Früchte.

So meinte Herr Allioli als Professor der Exegese müsse er doch auch den Thalmud zur Sprache bringen, ohne daran zu denken, daß er ein ihm fremdes Gebiet betrete. Oder meinen Sie wirklich, man kenne den Thalmud, die jüd. Literatur, wenn man die hebr. Bibel im Urterte lesen kann oder selbst auch im Thalmud einige Seiten gelesen hat. Wohl solltet ihr das Judenthum kennen lernen, aber nicht seine Schaale, sondern in seine Tiefen eindringen und seinen Geist erforschen. Allein der Haß ließ dieses nicht zu. Man verachtete und feindete den Juden zu sehr an, als daß man hätte über sich bringen können, ohne Vorurtheil und aus reiner Liebe zur Wissenschaft das Judenthum zu studiren, beschäftigte sich daher nur nothdürftig damit, um nicht unwissend zu erscheinen, oder Stoff zu haben, dem Hasse neue Nahrung zu geben.

Der Geist des Judenthums, der Inhalt seiner vortrefflichsten philosophischen und theologischen Werke, die Ansichten seiner berühmtesten Kirchenlehrer über das Leben die Bibel, die Welt und ihre höchste Angelegenheit, seine Geschichte und seine wesentlichen Grundsätze sind den meisten christlichen Theologen so fremd, und wohl noch fremder, als die thracischen Gottheiten oder die Zendavesta und Königsbücher. Und nicht nur, daß man die Originalien, deren Studium

allerdings äußerst schwer ist und mehr Zeit in Anspruch
nimmt als mancher christlicher Theologe, wenn er seine
Wissenschaften gründlich studiren will, entbehren kann,
auch die neuesten Erzeugnisse der jüdischen Literatur, die
Werke der berühmtesten Gelehrten in deutscher Sprache
bleiben größtentheils unbeachtet; denn sie vorurtheilsfrei
zu studiren, ist man überhaupt zu feindselig gesinnt, und
um seine Unkenntniß zu verhüllen, den Schein der Kun-
digkeit sich zu geben, holt man lieber aus der alten Rüst-
kammer judenfeindlicher Lästerbücher einige Fetzen hervor
und stellt sie — dem Pöbel zur Schau.

Es meint mancher*) christliche Theologe dem Christenthume zu nützen, wenn er das Judenthum schmäht und
in den Augen des christlichen Publikums herabwürdigt,
bedenkt aber nicht, daß er hiedurch am Ende jenem mehr
Schaden zufügt, als diesem. Das Judenthum ist und
bleibt Grundlage (Basis) des Christenthums. Wie man
das auch verdecken und verschweigen mag, der unwissendste
Christ ahnt es aus seinem Religionsunterrichte heraus.
Meint ihr nun, ihr könnt jenes verächtlich machen, ohne
diesem die Achtung zu entziehen, ihr könnt jenes in seinen
Grundprincipien erschüttern, ohne dieses schwankend zu
machen? Wenn die Grundsäulen für morsch erklärt werden, glaubt ihr, es halte noch Jemand das darauf ruhende
Gebäude für fest und dauerhaft, oder, wie Mendelsohn sich
ausdrückte, wenn das untere Stockwerk wirklich so bau-
fällig ist, wer mag wohl in dem oberen sich sicher fühlen?
O lasset endlich einmal von diesem, eines guten, ehrlichen

*) Ich sage mancher, denn es giebt viele ehrenvolle Ausnahmen, ka-
tholische und protestantische. Ich selbst kenne deren und will
hier nur eines Mannes gedenken, der als Dekan und Landtags-
Abgeordnete sich auszusprechen Gelegenheit hatte, des seligen
Weinmann in Ullstadt. Sein Andenken lebt ewig in meinem
Herzen, und wenn ich das Christenthum von einer bessern Seite
kennen lernte, als es mir sonst erschienen war: dir danke ich es,
mein edler Freund! dir, der du dem Judenthume Gerechtigkeit
widerfahren ließest!

Menschen unwürdigen, eines Gelehrten aber doppelt unwürdigen Schmähen ab! lasset uns jeder als redlicher und
fleißiger Arbeiter in **seinem** Weinberge das Unkraut des
Irrthums und Aberglaubens aufsuchen, ausreißen und —
nicht in den des Nachbars, sondern in den Strom der
Vergänglichkeit werfen, der es hinabtrage in das Grab der
Vergessenheit, von wo es niemals wiederkehre! lasset uns
jeder in seinem Weinberge die Steine des Hasses, der
Unduldsamkeit und Verfolgung, die das Wachsthum der
edlen Pflanze hindern, sorgsam auflösen und hinausschleu-
dern, aber nicht in den Weinberg des Nachbars, sondern
wir wollen aus diesen Steinen eine Schutzmauer auffüh-
ren, gegen das heranströmende Gewässer der Entsittlichung,
des reisenden Stromes wollüstigen Genusses, auf daß diese
Fluthen die Weinberge nicht überströmen und alle ver-
wüsten. O würdet ihr mich hören, ihr solltet sehen, wie
jeder Weinberg bald in voller Blüthe stehen, auf jedem
Weinberge mehr und schönere Früchte der Sittlichkeit her-
vorsprossen und wenn auch die Arbeiter verschieden, die
Frucht wird dieselbe sein: **Wahrheit, Liebe, Glückseligkeit!**

Und Sie Herr Professor, ich scheide von Ihnen ohne
Haß und Groll, möchten auch Sie keiner Feindseligkeit
Raum geben, ich meine nicht gegen mich, denn was liegt
an mir! sondern gegen das Judenthum und seine Bekenner.
Sie mögen immerhin Manches in den alten Büchern gefunden haben, was Sie, was aber auch ich nicht billige,
was aber nimmermehr dem Judenthume zugeschrieben werden kann, wie Sie sich überzeugt haben werden. Ver-
gesset, daß in alten bestaubten Büchern, die, wie Sie selbst
sagen, von den wenigsten Juden verstanden und von noch
wenigern gelesen werden, »einige unzarte und gehässige Re-
densarten sich befinden,« dagegen wollen auch wir vergessen,
was die unpartheiische Geschichte von grausenhaften Miß-
handlungen erzählt, die Scheiterhaufen und Blutbäder, wie
man uns verkauft und verpfändet, ausgesogen und ausge-

zogen, nackt und bloß in die Fremde unter Barbaren gesto=
ßen; die Blätter und Kapitel, die mit unserm Blute geschrie=
ben sind, die Greise und Säuglinge, die man schonungs=
los würgte: Alles, Alles wollen wir vergessen, Alles mit
dem Mantel der Liebe bedecken. Die Liebe sagt ihr, sei
der Geist und das Wesen euerer Religion, die Liebe, sa=
gen wir, ist der Geist und das Wesen der unsrigen. So lasset
uns wetteifern, von diesem Geiste beseelt zu sein. Wir
reichen euch die Bruderhand — o wann werdet ihr uns die
eurige reichen? —